Hulluus

Ari Airio

Hulluus

Kustantaja: BoD – Books on Demand, Helsinki, Suomi
Valmistaja: BoD – Books on Demand, Norderstedt, Saksa
ISBN: 978-952-80-0279-6

Aloin pikkuhiljaa havahtumaan todellisuuteen ja tajusin, että kaikki tämä tapahtuu vain meidän päämme sisällä. Myös ulkomaailmassa tapahtuu jotain, samoin kuin muidenkin pään sisällä, mutta niistä meillä on hyvin harhainen käsitys. Joku toinen saattaa nähdä mustan vaaleanpunaisena tai kuulla kaikki äänet täysin erilaisena, mutta jos kumminkin oman päänsä sisällä aina samanlaisena, emme ikinä voi ymmärtää, kuinka erilaisia kokemuksemme niistä ovat. Koemme itsekin asiat eri tavalla eri ikäisenä ja erilaisissa tilanteissa; mieliruokamme ja musiikkimakumme muuttuvat yleensä ajan myötä, samat kasvot saattavat eri mielentiloissa näyttää puoleensavetäviltä tai vastenmielisiltä, sama meikki tyylikkäältä tai irvokkaalta. Jotkin eläimet näkevät infrapunavaloa, kaikuluotaavat ja aistivat sähkökenttiä, niiden kokemus maailmasta on luultavasti aivan perustavanlaatuisella tavalla erilainen kuin meidän. Ja vaikka unohtaisimme aistiemme vajavaisuuden ja sen, miten ne jatkuvasti pettävät meitä, olemme edelleen kielen rajallisuuden vankeja, puhumattakaan siitä, kuinka eri tavoilla ymmärrämme asioiden syyt ja seuraukset ja niiden arvon ja merkityksen. Eikä kyse ole edes makuasioista, vaan siitä, minkälaisen illuusion aivomme luovat maailmasta. Omassa todellisuudessamme meillä on kaikilla hyvä maku ja järkevät mielipiteet.

Tietoisuuden eri tasot ovat kuin kerroksittain olevat linssit, joiden läpi maailmankuvamme heijastuu. Syvempi taso rajoittaa sitä, millaisena voimme sen pinnallisempien linssien läpi nähdä ja mitä enemmän nuo tasot ovat ristiriidassa keskenään, sen vääristyneempi kuva. Tuo kuva alkaa muodostua jo ennen syntymäämme ja voimakkaimmin siihen vaikuttavat asiat, jotka tapahtuvat meille niin pienenä, ettemme varsinaisesti tajua niistä mitään, osaa käsitellä niitä älyllisesti tai muista niitä jälkeenpäin. Ne vaikuttavat suoraan siihen ytimeen, johon meidän on lähes mahdotonta päästä myöhemmin käsiksi ja jonka päälle rakentuu kaikki muu. Ja koska emme pääse siihen käsiksi, koemme sen olevan me. Jokainen hetki reagoimme ympäristöömme aikaisempien mielikuviemme perusteella ja kasaamme tuon ytimen päälle uusia kerroksia, joiden kautta näemme maailman ja itsemme. Tämän takia saatamme samanlaisissa olosuhteissa kasvamisesta huolimatta reagoida ympäristöömme täysin eri tavalla; se mitä meille tapahtuu ei ole yhtä oleellista kuin se, miten koemme nuo tapahtumat ja miten reagoimme niihin. Ja se miten reagoimme niihin, riippuu paitsi senhetkisestä mielentilastamme, joka riippuu suoraan reaktioistamme edelliseen kokemukseemme, myös siitä, miten reagoimme kaikkiin muihin aikaisempiin kokemuksiimme.

Mitä syvemmälle tasolle muodostuu harhaisia käsityksiä, sen vaikeampi niitä on myöhemmin muuttaa, koska niiden päälle on rakentunut niin paljon uskomuksia, jotka romahtaisivat, jos myöntäisimme niiden perustan olevan väärä, ja niinpä jokin hyvinkin pieni tapahtuma voi pahimmillaan vääristää kaikki kokemuksemme sen jälkeen ja kasvaa aivan äärettömiin mittasuhteisiin. Voimakkaimmat kokemuksemme uppoavat niihin liittyvine tunteineen niin syvälle alitajuntaamme, että ne palauttavat meidät aina pintaan noustessaan, niin hyvässä kuin pahassakin, siihen samaan tilaan, jossa olimme niiden syntyessä. Näin syntyvät niin intohimot, kuin traumat ja pakkomielteetkin, ja kaikki, mitä emme kykene siinä hetkessä käsittelemään älyllisesti, muuttuu osaksi persoonaamme. Aina välillä jokin voimakas kokemus, kuten rakastuminen tai läheisen kuolema, pääsee tunkeutumaan noille syvemmille tasoille ja muuttaa perustavanlaatuisesti kokemustamme elämästä. Mutta yleensä nuo perimmäiset uskomukset eivät ole lainkaan tietoisessa mielessämme, emmekä ainakaan kyseenalaista niitä mitenkään. Ne ovat niitä ehdottomia totuuksia, jotka jokainen normaali ihminen mielestämme tajuaa, vaikka emme niitä osaakaan välttämättä mitenkään perustella. Ne voivat olla sidottuna niin voimakkaisiin tunteisiin, että kuolemme mieluummin kuin kohtaamme ja kyseenalaistamme ne ja edes yrittäminen voi aiheuttaa paniikkikohtauksia, dissosiaatiota, psykooseja ja lamaavaa masennusta, tai kaikki noita erilaisia yhdistelminä.

Mielipiteet ovat vain tunteisiin sidottuja ajatuksia. Yleistyksistä johdettuja yleistyksiä. Siksi aivomme estävät meitä ajattelemasta liian paljon tai liian ikäviä asioita ja pitävät yllä pientä optimistista harhaa, sekä itsestämme että maailmasta, jotta jaksaisimme yrittää, elää, yrittää elää ja ennen kaikkea siirtää geenimme eteenpäin. Itsekkäät geenimme, jotka ohjaavat meitä ja ovat valmiita uhraamaan meidät, kunhan pääsevät itse jatkamaan seuraavan sukupolven mukana. Valtaosan ajasta olemmekin sillä tietoisuuden tasolla, jolla poikkeamme muista eläimistä vain hyvin pinnallisesti, emmekä välttämättä poistu tuolta tasolta hallitusti kertaakaan koko elämämme aikana. Tuolla tasolla tapahtuu lähinnä erilaisten ajatusprosessien lopputulosten seuraamista, eikä kauhean paljon mitään, mitä voisi kutsua varsinaiseksi ajatteluksi. Näemme asiat omasta näkökulmastamme ja tulkitsemme maailmaa niin, että se tukee aikaisempia käsityksiämme siitä, ajattelumme palvelee tahtoamme, sen sijaan, että kykenisi aidosti kyseenalaistamaan sitä. Se mitä pidämme itsenämme, on kuitenkin vain kokoelma erilaisia ehdollistuneita reaktioita, käyttäytymismalleja ja ennakkoluuloja, pohjimmiltamme olemme vain isoja vauvoja kokemassa joko pelkoa tai rakkautta. Vapautumalla edes hetkeksi kaikesta siitä mitä kuvittelemme olevamme ja mihin uskomme, voimme luoda itsemme loputtomasti uudelleen ja päästä vähän kerrallaan lähemmäs todellista vapautta. Evoluution viimeinen askel ei olekaan biologinen, vaan henkinen.

Syvemmät tietoisuuden tasot vaativat äärimmäisten tunteiden ja voimakkaasti tavallisuudesta poikkeavien tajunnantilojen sietämistä, mutta ne eivät ole vain pelkästään erilaisia tunnetiloja. Voimme kokea samoja tunteita kaikilla tajunnan tasoilla, mutta syvempiin tasoihin liittyy myös sellaista ajattelun vapautta, jota voi olla hyvin vaikea käsitellä. Kun menemme syvemmälle tasolle, vapautuvat kaikki pinnallisemman tason vaihtoehdot tasavertaisena, koska niillä ei ole enää emotionaalisesti merkitystä. Pizzan päälle voi halutessaan laittaa ananasta, homot saavat mennä naimisiin ja sandaaleiden kanssa voi käyttää sukkia. Eihän noilla asioilla ole mitään merkitystä siihen verrattuna, että kaikki meidän läheisemme tulevat jonain päivänä kuolemaan, niin kuin me itsekin. Joku saattaa tosin mieluummin tappaa lapsensa, kuin antaa tämän mennä naimisiin väärän ihmisen kanssa ja kunniamurhat ovatkin erinomainen esimerkki siitä, miten mielenterveysongelmat siirtyvät uskonnon ja kulttuurin välityksellä sukupolvelta toiselle.

Syvemmällä tietoisuuden tasolla näemme, mistä pinnallisemman tason mielipiteemme ja halumme muodostuvat, pääsemme ikään kuin kurkistamaan vähän syvemmälle alitajuntaamme. Koska vaihtoehtoja on enemmän ja valmiita totuuksia vähemmän, tulee myös edemmän totaalisia huteja. Riittävän syvällä saatamme unohtaa asioita kuten painovoiman, ajan suunnan, eri kielten olemassaolon, sen kuka olemme ja monia muita rajoittavia tekijöitä, jotka yleensä sulkevat pois joitain vaihtoehtoja. Logiikkamme toimii kuin unenomaisesti ja palaamme takaisin samalle mielikuvituksen tasolle kuin lapsena, mutta meillä on edelleen sama tietomäärä, jonka pohjalta yritämme muodostaa maailmankuvamme uudelleen. Jos emme tiedosta tilaamme ja tartumme vain ensimmäiseen mielikuvaamme maailmasta, voimme uskoa olevamme joulupukki tai pystyvämme lukemaan ajatuksia, vähintään unohdamme niin paljon yleisiä käyttäytymissääntöjä ja arkirutiineja, että vaikutamme hullulta. Puhdas nerous on sulaa hulluutta.

Kun kohtaamme riittävästi asioita, jotka ovat ristiriidassa perimmäisten uskomustemme kanssa, alamme saamaan ristiriitaisia signaaleja niiltä tasoilta, joilla nuo uskomukset sijaitsevat ja mitä sitkeämmin pidämme noista uskomuksista kiinni, sitä suuremmiksi nuo ristiriidat kasvavat ja sitä voimakkaampia oireita ne aiheuttavat. Ymmärrämme asian pinnallisella tasolle, mutta syvemmällä tasolla emme kykene päästämään irti. Tai pidämme pinnallisella tasolla sitkeästi kiinni jostain, jonka jo si-

simmässämme tiedämme vääräksi. Nuo risti-
riidat eri tietoisuuden tasojen välillä ovat
kaikkien ongelmiemme alku ja juuri, ja jossain
vaiheessa joudumme kohtaamaan ne, halu-
simme tai emme. Yleensä emme, pelottavan
moni meistä antaa mieluummin itselleen säh-
köiskuja, kuin istuu 15 minuuttia hiljaa omien
ajatustensa kanssa.

 Jos pidämme pinnallisella tasolla liian kauan
kiinni siitä, minkä sisimmässämme tiedämme
olevan virheellinen käsitys, ja niitä on paljon,
koska alitajuntamme järjestelee asioita koko
ajan uusiksi, joudumme jatkuvasti valehtele-
maan itsellemme enemmän ja enemmän. Ai-
van samalla tavalla kuin kertoessamme pie-
nen valkoisen valheen, jonka päälle joudum-
me keksimään jatkuvasti uusia valheita, jotka
muuttuvat koko ajan vain entistä älyttömäm-
miksi. Mitä suuremmaksi tuo sisäinen valhe
pääsee kasvamaan, sitä voimakkaampia tun-
teita siihen liittyy ja kun se puskee viimein vä-
kisin pintaan, joudumme tietoisuuden tasolle,
jolla emme kykene enää hahmottamaan to-
dellisuutta. Kaikki mahdolliset ja mahdotto-

mat vaihtoehdot tuntuvat yhtä todennäköisiltä ja poimimme vain niistä jonkin, johon tartumme epätoivoisesti kiinni. Samalla aivomme saattavat järjestää uusiksi myös sen, miten tulkitsemme aistiärsykkeitä ja voimme nähdä, kuulla ja tuntea asioita, joita muut eivät voi. Mutta meidän päämme sisällä, jossa kaikki muutenkin pohjimmiltaan tapahtuu, ne ovat täysin todellisia.

Liian tarkka käsitys todellisuudesta ei sekään ole hyvästä. Jos tajuamme enemmän kuin pystymme käsittelemään, jämähdämme tasolle, jolla tiedostamme jatkuvasti maailman epäoikeudenmukaisuuden, oman kuolevaisuutemme ja kaiken merkityksettömyyden. Itsemurhan sanotaan olevan ainoa puhtaasti rationaalinen teko ja puhdasta rationaalisuutta onkin syytä aivan kirjaimellisesti välttää henkensä edestä. Onnellisuus älykkäissä ihmisissä ei kuitenkaan ole maailman harvinaisin asia siksi, että älykkyys tekee onnettomaksi, vaan koska onnettomuus tekee älykkääksi. Sopivissa määrin masennus on luonnollinen ja hyödyllinen osa elämää, joka auttaa meitä kasvamaan. Kun egokeskeinen maailmankuva alkaa muuttumaan sietämättömäksi, se pakottaa meidän katsomaan asioita laajemmasta näkökulmasta. Pohjimmiltaan masennus onkin narsistista epätoivoa, kyvyttömyyttä hyväksyä sitä, ettei todellisuus ole semmoinen kuin haluaisimme sen olevan. Masennus ei silti johdu siitä, että olisimme itsekkäitä, vaan yleensä pikemminkin päinvastoin. Epäitsekkäinä meidän on vaikeampi kestää maailman julmuutta ja epäoikeudenmukaisuutta ja sisäiset ristiriitamme voivat olla niin syvällä, että niihin on lähes mahdotonta päästä kiinni, koska itsemme lisäksi tunnemme kärsimystä myös koko maailman puolesta. Ja koska tuossa tilassa näemme niin helposti vain asioiden negatiiviset puolet, yrittäessämme ajatella itsemme ulos masennuksesta, uppoamme vain jatkuvasti syvemmälle.

Ristiriitaiset signaalit tietoisuuden tasojen välillä vaikuttavat eri välittäjäaineisiin, joiden välityksellä ne aiheuttavat erilaisia psyykkisiä ja fyysisiä oireita ja noiden oireiden voimakkuus on suoraan verrannollinen siihen, kuinka paljon voimme käsitellä siitä mitä tunnemme. Ja toisaalta myös jotkin ulkoiset tekijät, kuten puutteellinen ravinto ja liiallinen kuormitus, vaikuttavat välittäjäaineiden kautta noihin signaaleihin. Ja sen lisäksi, että ruokavaliomme vaikuttaa henkiseen tasapainoomme, henkinen tasapainomme vaikuttaa siihen, minkälainen ruokavalio meille sopii, koska vatsamme ja aivomme elävät symbioosissa.

Luontainen urheilullisuus ja huippuälykkyys ovat lähes mahdoton yhdistelmä, koska molemmat kuormittavat samoja järjestelmiä eri suunnista ja vaativat päinvastaisia ominaisuuksia. Stressi saa meidät sairastumaan ja liian kova kuormitus voi jopa tappaa erilaisten fyysisten sairauksien välityksellä. Mitä syvemmälle menemme tietoisuuteen, sen laajemmin ohjaamme myös elintoimintojamme ja jos tajuamme jotain liian kaukana käsityskyvystämme, tulematta silti hulluksi, elimistömme käynnistää itsetuhomekanismin, koska ei enää kestä itseään. Emme sairastu, koska olemme tietoisesti laiskoja tai kykene tappamaan itseämme pelkällä tahdonvoimalla.

Emmekä masennu tai tule maaniseksi niiden asioiden takia, jotka ovat tietoisessa mielessämme, vaan niiden, joita emme voi tietoisesti käsitellä.

Kun pääsemme tasapainoon itsemme kanssa, voimme palata sille tietoisuuden tasolle, jolla olemme toimintakykyisiä ja tuo alue voi myös laajentua huomattavasti. Kun opimme toimimaan erilaisilla tasoilla, voimme paitsi määritellä itse itsemme ympäristömme sijaan, myös liikkua hallitummin niiden välillä. Voimme toisaalta nähdä huomattavasti enemmän vaihtoehtoja, mutta samalla hyväksyä myös sen, etteivät asiat ole semmoisia kuin kuvittelemme ja haluamme niiden olevan. Viiden pennin filosofit suosittelevat meille helppona ratkaisuna olemaan miettimättä mitään ikävää ja jättämään negatiiviset ihmiset oman onnensa nojaan, mutta jatkuvan onnellisuuden tavoittelu on täysin järjenvastainen ajatus. Sen lisäksi, että se saa meidät murtumaan pientenkin vastoinkäymisten edessä, se myös pysäyttää henkisen kasvumme ja pysähtyminen saa meidät kuolemaan tylsyyteen, jollemme keksi jatkuvasti jotain merkityksetöntä ajankulua.

Meditaation, paaston ja erilaisten terapiamuotojen avulla voimme opetella kohtaamaan eri tasoja turvallisesti ja hallitusti, mutta ne vievät aikaa, eikä turvallisessa ympäristössä tapahtuva kohtaaminen suoranaisesti auta meitä toimimaan maailmassa, se vain antaa työkaluja, joita voimme yrittää soveltaa tilanne kerrallaan. Voimme palauttaa itsemme toiminnalliselle tasolle myös keinotekoisesti erilaisilla mieleen vaikuttavilla aineilla, mutta silloin tuon kasvuprosessi ja aito itsemme kohtaaminen jäävät pois, eikä ongelman perimmäinen syy katoa mihinkään, vaan pääsee jopa entisestään kasvamaan. Tämän takia lääkinnällinen psykiatria on kehittynyt vain hyvin pinnallisesti niistä ajoista, kun Freud tarjosi vähän joka vaivaan kokaiinia, eikä se voi ikinä siitä sen syvällisemmin kehittyäkään, riippumatta siitä, kuinka hyvin toimivia lääkkeitä saataisiin kehitettyä. Sopivaa lääkitystä täytyy hakea kokeilemalla erilaisia vaihtoehtoja ja yhdistelmiä, koska niillä hoidetaan keinotekoisesti määriteltyjä sairauksia, jotka eivät kerro mitään syistä oireiden taustalla ja nuo syyt ovat niin monimutkaisia, että niiden aiheuttamien muutosten täsmällinen korjaaminen on täysin mahdotonta. Ja siinä missä mielen saattaminen tasapainoon saa myös kehon toimimaan paremmin, lääkkeet aiheuttavat sivuvaikutuksia, jotka pahimmillaan laskevat elämänlaatuamme enemmän kuin se alkuperäinen syy, jonka takia menetimme mielenterveytemme.

Myös kaikki riippuvuudet johtuvat pohjimmiltaan samoista sisäisistä ristiriidoista, jotka ovat syy sille miksi jäämme koukkuun niin eri aineisiin ja osa meistä ei jää mihinkään. Stimulanteilla saamme lisää jännitystä elämään ja opiaatit korvaavat puuttuvan kokemuksemme rakkaudesta. Heroinisti saattaa asua kadulla paskat housuissa, mutta tuntea silti annoksen saatuaan elämän menevän ihan mukavasti. Jotkin psyykelääkkeet saavat meidät lihomaan sata kiloa, sairastumaan diabetekseen ja menettämään seksuaaliset kykymme ja vaikka tunnemme siitä huolimatta olomme paremmaksi, siihen ei objektiivisesti ajatellen olisi välttämättä syytä. Lääkkeillä turruttaminen ilman muuta hoitoa on vain kemiallinen versio kellariin lukitsemisesta.

Masentuneena olemme uupuneita, koska keho viestittää, että olisi aika pysähtyä miettimään ja maanisena käymme ylikierroksilla, koska olisi aika toimia, mutta liiallisuuksiin päästessään kummastakin voi syntyä itseään ruokkiva kierre. Silloin meidän pitäisi saada jotenkin suunta käännettyä, masentuneena alettava toimimaan ja maanisena pysähdyttävä ajattelemaan. Masennuslääkkeet voivat kuitenkin aiheuttaa kaksisuuntaista mielialahäiriötä, koska masennuksen syy on edelleen olemassa, mutta pakotamme itsemme lääkkeillä toimintakykyiseksi ja joudumme helposti ylikompensoimaan, ettei syy pääsisi nousemaan takaisin pintaan. Tasaavien lääkkeiden kanssa syntyy helposti päinvastaisia ongelmia, koska molemmissa on vain kyse saman asian eri puolista. Joko lamaannumme sen asian edessä, jota emme halua kohdata, tai yritämme harhauttaa itseämme keskittymällä kaikkeen muuhun ja luomme vielä mahdollisesti vaihtoehtoisen todellisuuden, jossa sitä ei ole olemassa ja jos onkin, yritämme korjata sen kerralla yhdeltä istumalta. Pahimmillaan sama tilanne voi tuntua yhtä aikaa liian tylsältä ja jännittävältä, eikä meillä ole aavistustakaan, mihin suuntaan pitäisi edes yrittää päästä.

Kun löytyy aine, joka saa meidät tuntemaan olevamme tasapainossa, emme halua luopua siitä mistään hinnasta. Toinen vaihtoehto olisi opetella toimimaan niillä tietoisuuden tasoilla, joilla nuo ongelmat sijaitsevat, mutta joillain meistä nuo ristiriidat voivat olla niin syvällä, että niihin on käytännössä mahdotonta päästä käsiksi ja silloin lääkitys voi olla enemmän kuin paikallaan, eikä sen tarvitseminen tee meistä millään muotoa heikompaa tai huonompaa ihmistä, mutta ilman terapiaa ja itsetutkiskelua, se ei tee mitään muuta kuin peittää oireita. Aivokemian muokkaaminen keinotekoisesti voi myös huomattavasti vaikeuttaa itsemme ja tunteidemme aitoa kohtaamista ja siksi lääkityksen pitäisikin olla viimeinen vaihtoehto. Varsinkin pysyvän lääkityksen, jonka tarkoitus on vain peittää oireita ja pitää meidät toiminnallisella tasolla. Jos tarjoamme sitä ensimmäiseksi ratkaisuksi, muutamme helposti elämään luonnollisesti kuuluvat kriisit ja vastoinkäymiset vain kroonisiksi sairauksiksi sen sijaan, että ne olisivat mahdollisuus henkiselle kasvulle ja askeleelle kohti itsemme löytämistä, mielenrauhaa ja onnellisuutta. Lääkkeiden aiheuttamat sivu- ja vieroitusoireet myös tulkitaan helposti sairauden pahenemiseksi tai uusimiseksi niin, että kun olemme kerran jääneet niihin kiinni, meidän voi olla lähes mahdotonta päästä enää koskaan irti.

Sen sijaan erilaisista psykedeeleista voi olla terapeuttisessa käytössä todella merkittävää hyötyä, koska ne auttavat meitä käymään lyhyen aikaa hallitusti niillä tajunnan tasoilla, joilla nuo ongelmat sijaitsevat. Pään nollaaminen kännäämällä perustuu jossain määrin samaan ideaan, vaikka lääke onkin siinä usein pahempi kuin sairaus. Psykedeelit lisäävät tietoisuutta itsestämme, poistavat valmiita vastauksia ja toimintamalleja mielestämme ja antavat meidän ajatella vapaammin. Alkoholi sen sijaan vähentää tietoisuuttamme ja ajattelun sijaan olemme enemmän noiden sisäistettyjen käyttäytymismallien ja erilaisten viettien ohjailtavissa. Se nostaa esiin ne apinat ja demonit, joita meitä sisällämme elää ja oman humalaisen käytöksemme arvioiminen selvinpäin voi kertoa meille paljonkin itsestämme; se kuinka paljon käytöksemme humalassa muuttuu, on suoraan verrannollinen sisäisten ristiriitojemme määrään. Vaikutus on kuitenkin täysin päinvastainen, jos käytämme alkoholia säännöllisesti turruttaaksemme mielemme ja vapautuaksemme ajattelusta, jolloin vain pysäytämme henkisen kehityksemme ja mahdollisesti kehitämme vielä riippuvuuden, joka saa sen suorastaan taantumaan.

Mielenterveyden ongelmien lisäksi psykedeelit auttavat myös erilaisiin riippuvuuksiin, jotka yleensä kulkevat toistensa kanssa käsi kädessä. Vieroitusoireissakin on kyse ennen kaikkea äärimmäisten tajunnantilojen sietämisestä ja siksi lopettamispäätöksessä on niin vaikea pysyä. Sen alkuperäisen ongelman lisäksi, jonka takia tarvitsimme lääkitystä tai kehitimme itsehoidon seurauksena riippuvuuden, olemme muokanneet tietoisuuttamme keinotekoisesti ja koska reagoimme lähinnä muutokseen, minkä hyvänsä hyvää oloa tuottavan asian pois vieminen aiheuttaa vieroitusoireita, tiedostimme ne tai emme. Kun olomme käy liian sietämättömäksi, tietoisuutemme taso vaihtuu, ja jos emme tunnista ja hallitse sitä, siirrymme kuin autopilotille ja teemme kaikkemme, että saamme tyydytettyä tuon tarpeen. Samanlaisia tunnekaappauksia tapahtuu muutenkin pienemmässä mittakaavassa jatkuvasti aivan normaalissa elämässä, kun tunnemme toimivamme täysin järkevästi, mutta jälkikäteen emme kykene perustelemaan toimintaamme, ainakaan jos olemme itsellemme rehellisiä. Syömme epäterveellisesti, teemme heräteostoksia, jätämme menemättä lenkille, olemme itsekkäitä tai ilkeitä, lopetamme tupakkalakon, juomme kännit tai teemme jotain muuta vahingollista, vastoin aiempaa pyhää päätöstämme. Tiedämme miten meidän tulisi toimia ja haluaisimme tehdä niin, mutta egomme pystyy perustelemaan meille melkein mitä hyvänsä ja voimme keksiä mitä naurettavampia selityksiä, vaikka todellisuudessa olemme vain murtuneet sillä tasolla, joka ei ole meidän hallinnassamme. Eikä siihen tarvitse edes liittyä mitään sietämättömiä fyysisiä vieroitusoireita, pientä epämukavuutta vain ja mukavuudenhalua, ehkä jokin vastoinkäyminen, joka saa meidät tuntemaan itsemme uhriksi ja jonka takia koemme olevamme oikeutettuja saamaan jotain hyvitystä, tai jokin tuttu ärsyke, joka yhdistää tuon mieliteon niin voimakkaisiin positiivisiin tunteisiin, ettemme voi vastustaa sitä. Onnellisuutta on kyetä nauttimaan vieroitusoireista.

 Jos tunnemme joutuvamme luopumaan jostain ja yritämme muuttaa käytöstämme pelkällä tahdonvoimalla, muuttumatta myös itse, tulemme aina lopulta murtumaan ja palaamaan takaisin vanhaan toimintatapaamme. Niin kauan kuin pysymme samana ihmisenä, reagoimme samanlaisiin ärsykkeisiin samalla tavalla. Jos uskomme edelleen sisimmässään jonkin meille vahingollisen toiminnan olevan kivaa, ratkeamme toistamaan sitä loputtomasti uudelleen, riippumatta siitä, millaisia ongelmia se meille aiheuttaa. Meidän tulee nimenomaan muuttaa sitä mitä haluamme, jos haluamme tehdä aitoja muutoksia ja päästä lähemmäksi sisäistä tasapainoa. Luupista pääsee ulos keksimällä vastauksen oikeaan kysymykseen, kunhan vain keksii ensin oikean kysymyksen, joka sisältää jo itsessään myös vastauksen.

Samana ihmisenä pysyminen tarkoittaa vain henkisen kehityksen pysähtymistä ja sitä aikuiseksi tuleminen monessa mielessä on. Lukittaudumme joihinkin peruskäsityksiin elämästä ja alamme sitten vain tulkitsemaan maailmaa niin, että se tukee noita käsityksiä ja enimmäkseen nuo käsitykset ovat vain yleisesti hyväksyttyjä mielipiteitä, jotka omaksumme sosiaalisen paineen alla. Tämän takia maailma alkaa näyttämään selkeämmältä ja itseluottamuksemme kasvaa, koska ajattelemme asioista kuten kaikki muutkin ja omasta näkökulmastamme tulemme viisaammiksi. Melkein kuin pelaisimme jatkuvasti samaa videopeliä ja aina samalla vaikeustasolla.

Laumavietistä oli todellista hyötyä, kun elimme vielä luonnon armoilla ja sooloilemalla saattoi vaarantaa paitsi omansa, myös kaikkien muiden hengen. Mutta sen jälkeen, kun nostimme itsemme luonnon yläpuolelle, monet vaistoistamme muuttuivat lähinnä haitallisiksi ja estävät meitä tekemästä tarpeellisia muutoksia. Kulttuuri on kehittynyt vähän samaan tapaan kuin evoluutio, paitsi että vähän joka välissä joku on valehdellut jollekin ja noihin valeisiin väkisin uskominen on yksi suurimmista syistä sisäisten ristiriitojemme ja pahoinvointimme takana. Vähintäänkin tapojemme alkuperäinen syy on useasti unohtunut tai menettänyt merkityksensä ja niistä on tullut tyhjiä rituaaleja, jotka ovat uuden ymmärryksemme mukaan käyneet turhiksi tai muuttuneet jopa meille vahingollisiksi. Olemassa olevan tiedon määrä kasvaakin niin nopeasti, että suhteessa siihen muutumme jatkuvasti tyhmemmiksi. Ja mahdollisesti myös absoluuttisesti tyhmemmiksi, koska oman ajattelun vaatimuksen sijaan valmista tietoa on niin paljon ja helposti saatavilla.

Historiasta on toki hyvä oppia, ettemme toista jatkuvasti samoja virheitä ja joudu joka kerta keksimään pyörää uudelleen, samoin kuin yleiset käyttäytymissäännöt ovat ihan paikallaan sujuvan ja rauhanomaisen kanssakäymisen edellytyksenä, mutta minkään asian tekeminen vain siksi, että niin on aina ennenkin tehty, tekee vain meistä menneisyyden vankeja. Iän myötä saatamme oppia uudelleen päästämään irti ja rentoutumaan, kun huomaamme, ettei mitään absoluuttisia totuuksia ole olemassa, eikä pinnallisilla asioilla ole mitään merkitystä. Sopivissa määrin seniileinä meistä tulee mahdollisesti viisaita ja jopa aidosti onnellisia. Tai sitten pidämme sitkeästi kiinni niistä totuuksista, jotka olivat muotia meidän nuoruudessamme ja meistä tulee niitä kärttyisiä vanhuksia, joiden mielestä ennen oli kaikki paremmin.

Tietoisuus itsessään on kuin peili, jonka kautta me näemme itsemme ja tietoisuus näkee itsensä meidän kauttamme. Tietoisuus on koko maailmankaikkeuden idea ja olemme kaikki vain osa yhtä samaa tietoisuutta, eikä tämä koske pelkästään ihmisiä, vaan myös elämiä ja jopa kaikkea elotonta. Kasvit ovat luonnollisesti hyvin eri tavalla tietoisia kuin me, eikä kivillä ole aivoja, joiden avulla pohtia omaa olemassaoloaan, mutta ilman tietoisuutta mekin olisimme vain biologisia koneita ja voisimme elää koko elämämme täysin autopilotilla samaan tapaan kuin keittäessämme kahvia, kävellessämme tai tehdessämme jotain muuta, minkä tekemiseen meidän ei tarvitse lainkaan kiinnittää huomiota. Eläinten ja varsinkin kasvien kokemus todellisuudesta on luultavasti huomattavasti intensiivisempi kuin meidän, koska ne ovat jatkuvasti todella läsnä hetkessä, sen sijaan, että sortuisivat ylianalysoimaan kaikkea mahdollista.

Aivomme prosessoivat jatkuvasti käsittämättömän määrän informaatiota, jonka perusteella ne tekevät päätöksiä ja olemme tietoisia vain hyvin pienestä osasta noita prosesseja, emmekä sanan varsinaisessa mielessä vaikuta niihin mitenkään. Meistä tuntuu, että teemme harkittuja päätöksiä vapaan tahtomme mukaan, mutta se on lähes samanlainen illuusio kuin maata kiertävä aurinko. Edes mikään tietoiselta tuntuva reaktiomme siihen, että tajuamme vapaan tahdon illuusioksi, ei ole osoitus vapaasta tahdosta. Jos lamaannumme ja jäämme makaamaan sängyn pohjalle, tai alamme toimimaan täysin vastuuttomasti, se on vain väistämätön reaktiomme tuohon tajuamiseen ja johtuu siitä, minkälainen ihminen olimme aikaisempien kokemustemme perusteella. Eikä tuo tajuaminen edes tarkoita sitä, ettemme olisi vastuussa teoistamme, vaan pikemminkin päinvastoin. Olemme vastuussa kaikkien tekojemme seurauksista, myös välillisistä, koska muutkin ihmiset reagoivat niihin sillä ainoalla tavalla jolla voivat.

Toisen posken kääntäminen on väärin paitsi meitä itseämme kohtaan, myös heitä kohtaan, jotka ovat meitä vastaan rikkoneet, koska se vain antaa heille signaalin siitä, ettei heidän teoillaan ole seurauksia ja ruokkii heidän huonoa käytöstään. Meidän tulee toki antaa heille anteeksi, sillä he eivät tiedä mitä tekevät, mutta pitää sen jälkeen huoli siitä, etteivät he tee niin enää uudelleen.

Jossain vaiheessa palaamme kuitenkin väistämättä takaisin sille tietoisuuden tasolle, jolla
tunnemme itse olevamme puikoissa. Ja sillä
tasolla mahdollisesti olemmekin, samaan tapaan kuin materiaa on olemassa, vaikka kaikki
on pohjimmiltaan vain energiaa. Emme voi
kävellä seinien läpi, emmekä voi olla tekemättä valintoja, koska valitsematta jättäminenkin
on valinta. Emmekä voi edes olla tekemättä
mitään, sillä paikoillaan oleminen mitään tekemättä on kumminkin paikoillaan olemista
mitään tekemättä.

Vaikka tahtomme ei olekaan vapaa, se muuttuu sen perusteella, kuinka hyvin tiedostamme itsemme ja ympäristömme. Korkeimmalla
tietoisuuden tasolla ei ole minkäänlaista tahtoa ja siinäkin mielessä vapaa tahto on jo käsitteenäkin ristiriitainen. Kun tahdomme jotain, lakkaamme olemasta vapaita, emmekä

voi valita tahtoamme vastaan, vaikka meistä niin tuntuisikin. Riippumatta siitä, kuinka kauan kamppailemme itsemme kanssa, päädymme aina lopulta siihen mitä tahdomme eniten, vaikka emme sillä hetkellä ymmärtäisikään itseämme ja motiivejamme.

Korkein tietoisuuden taso on täydellistä vapautta ja pelkkää sanatonta ymmärrystä ilman ajatuksia, pelkoja tai toiveita; puhdasta tunnetta yhteydestä kaikkeuden kanssa ja jotain aivan muuta kuin meidän fyysinen olemuksemme. Tietoisuus on kaiken idea, maailmankaikkeus, joka katselee itseään meidän kauttamme ja jota jotkut meistä kutsuvat Jumalaksi. Ihminen onkin puoleksi eläin ja puoleksi Jumala, vähän samalla tavalla kuin suomalainen on puoleksi venäläinen ja puoleksi ruotsalainen.

Jeesus, Buddha ja Mohamed pääsivät kaikki tuolle syvimmälle tasolle ja yrittivät sitten tulkita sitä omaan aikaansa ja kulttuurinsa sopivaksi. Buddha onnistui tässä parhaiten kertoessaan, ettei kukaan voi opettaa kenellekään mitään. Uskonnon perimmäinen tarkoitus onkin vain saada opettavaisten tarinoiden ja erilaisten paradoksien avulla meidät luopumaan hetkeksi arkijärjestä ja luoda yhteys korkeampaan tietoisuuden tasoon, tai ainakin antaa kokemus sellaisen olemassaolosta. Jumalan ottaminen sydämeemme ja elämämme antaminen hänelle ei tarkoita jonkin kirjallisen totuuden uskomista, vaan omatuntomme aitoa kuuntelemista. Itsekkyyden ja epäitsekkyyden, itsekurin ja nautinnonhakuisuuden, nykyhetkelle tai tulevaisuudelle elämisen, kaikkien noiden keskipisteessä tunnemme toimivamme oikein ja koemme olevamme tasapainossa. Ilman tuota kokemusta tunnemme tyhjyyttä, jota yritämme epätoivoisesti täyttää pinnallisen tason nautinnoilla ja älyllisellä selityksellä maailmasta ja kaiken tarkoituksesta. Usko on elintärkeää hyvinvointimme kannalta, mutta uskonnot ovat vain väline, eivät itsetarkoitus, ja niiden kirjaimellinen tulkitseminen arkijärjellä johtaa helposti vain henkiseen kuolemaan. Luemme niitä kuin piru raamattua ja etsimme porsaanreikiä, joiden avulla voimme tehdä pahaa, mutta noudattaa silti edelleen sääntöjä ja jos uskomme saavamme kaiken anteeksi vain katumalla, mikään ei kohta olekaan enää kiellettyä. Vähintään olemme parempia ihmisiä kuin ne, jotka eivät usko meidän jumalaamme ja siksi meillä on oikeus kohdella heitä alempiarvoisina.

Kaikkien uskontojen pohjalla on silti jossain määrin oikea idea, vaikka niiden sanallinen sisältö onkin väärässä. On aivan hullua ensin sanoa Jumalan olevan liian suuri ja mahtava ihmisjärjen käsitettäväksi ja antaa sitten hänelle hyvin pikkumaisia ja inhimillisiä piirteitä ja uskoa hänen määränneen tarkkoja sääntöjä ihmisten seksuaalisuuden, pukeutumisen ja ruokavalioiden suhteen. Noiden sääntöjen oikeellisuudesta taistelevat fundamentalistit ovatkin kauempana Jumalasta kuin useimmat ateistit. Ääribuddhalainen kuulostaa jo ajatuksenakin yhtä naurettavalta kuin musta valkoisen ylivallan kannattaja. Yleensäkin kaikki uskonnolliset johtajat ovat vain tulkinneet noita tekstejä omasta rajoittuneesta käsityskyvystään ja yrittäneet sitten pakottaa omia näkemyksiään muillekin, mikä on kääntänyt niiden merkityksen päälaelleen ja meidän vapauttamisemme sijasta niitä on käytetty meidän hallitsemiseemme ja orjuuttamiseemme. Tämä on kyllä toisaalta myös se mitä me haluavamme, mikään ei ole niin pelottavaa kuin todellinen vapaus, koska siihen sisältyy myös vastuu, ja jumalan kohtaaminen voi olla niin vaikeasti käsiteltävä kokemus, että se saa meidät hakemaan turvaa uskonnosta.

Uskonto ja tiede ovat käyneet jatkuvaa kamppailua toisiaan vastaan, vaikka ne ovat vain saman asian kaksi eri puolta, jotka muuttuvat yhdeksi, kun niitä katsoo riittävän tarkasti. Jumala on totuus ja totuus on jumala, ja totuuden pitäisi olla myös tieteen ainoa päämäärä. Mutta siinä missä on olemassa uskovaisia tiedemiehiä, jotka ymmärtävät, ettei uskontojen ydin ole niiden sanallisissa sisällöissä, on myös tiedeuskovaisia, jotka tieteellisen metodin älyllisestä ymmärtämisestä huolimatta suhtautuvat vallitseviin tieteellisiin teorioihin emotionaalisesti kuin muuttumattomiin pyhiin totuuksiin. Tiede ei voi ikinä antaa meille niitä, samaan tapaan kuin jumalan sanotaan olevan kaiken inhimillisen ymmärryksen ulkopuolella ja tuota ajatusta meidän on hyvin vaikea kestää.

Siksi tartumme niin sitkeästi omaan maailmankuvaamme, oli se sitten uskonnollisten tekstien tai uusimpien tieteellisten saavutusten mukainen, emmekä voi hyväksyä sen kanssa ristiriidassa olevia todisteita, tai salli sen perusteita epäiltävän mitenkään. Olemmekin aina hyökänneet uusien mullistavien keksintöjen tekijöitä ja heidän persoonaansa vastaan hyvin voimakkaasti tai vähintään nauraneet heidät pihalle ja vasta seuraavat sukupolvet ovat kyenneet kunnolla ymmärtämään ja arvostamaan heidän saavutuksiaan. Mutta toisaalta hyppäämme joidenkin uusien saavutusten mukaan niin innokkaasti, ettemme hyväksy mitään niihin liittyvää arvostelua, vaikka tieteen historia on täynnä epäonnistuneita kokeiluja ja virheellisiksi osoittautuneita teorioita.

Erittäin vahingollista tämä suhtautumien on lääketieteessä ja muissa käytännönläheisissä asioissa, joissa se vaikuttaa suoraan ihmisten hyvinvointiin. Sairauksien diagnostiikka kehittyy koko ajan ja jatkuvasti kehitetään uusia keinoja todeta sairauksia, joita ei aikaisemmin ymmärretty, mutta valitettavan moni lääkäri suhtautuu lääketieteeseen täysin valmiina tieteenalana ja osa jopa uskoo hallitsevansa sen niin täydellisesti, että pitää vain luulosairaina kaikkia potilaita, joiden oireita ei itse osaa selittää. Geenimuunneltuja organismeja puolestaan pidämme joko ratkaisuna kaikkiin ruoan tuotannon ongelmiin, tai tikittävänä aikapommina suoraan saatanasta. Ne saattavat olla molempia, eivätkä välttämättä kumpaakaan, mutta niistä käymämme keskustelu on erinomainen esimerkki siitä, miten oman totuuden pönkittämisestä keinolla millä hyvänsä tulee tärkeämpää kuin totuuden etsimisestä. On täysin eri asia risteyttää kasveja niin, että niihin saadaan haluttuja ominaisuuksia, kuin lisätä niihin geenejä, jotka eivät luonnollisesti voisi mitenkään päätyä niihin. Tämä voi olla täysin harmitonta, tai aiheuttaa potentiaalisesti ongelmia, joihin meidän ymmärryksemme ei vielä riitä, mutta geenimuuntelu on joka tapauksessa vähintään yhtä turvallista kuin asbesti.

Mikäli tuota asiaa uskaltaa edes spekuloida, saa kuitenkin kuulla, miten ilman geenimuuntelua banaaneissakin olisi niin paljon siemeniä, ettei niitä voisi syödä, huolimatta siitä, ettei geenimuuntelulla ole asian kanssa mitään tekemistä. Ruoan tuotannon lisääminen on kuitenkin Monsanton tulojen lisäämisen jälkeen toiseksi suurin syy geenimuuntelulle ja sen kyseenalaistaminen tarkoittaa, että haluaa ihmisten kuolevan nälkään. Vaikka jo nyt lähes puolet maailmassa tuotetusta ruoasta heitetään menemään ja ylipainosta johtuviin sairauksiin kuolee enemmän ihmisiä kuin aliravitsemukseen. Isommat sadot eivät myöskään auta nälkää näkeviä afrikkalaisia lapsia mitenkään, jos heidän perheensä on häädetty viljelymailta, joilla kiinalainen sijoitusyhtiö tuottaa ruokaa vientiin. Eivätkä suuremmat sadot lämmitä ketään muutakaan, jos ne ovat seurausta kasveista, jotka kestävät geenimuuntelun seurauksena niin paljon myrkkyjä, että tapamme samalla kaikki pölyttäjät. Mutta kaiken tuon miettiminen on tietenkin keretti-läisyyttä, sillä kaikki mikä tuottaa voittoa seuraavan kolmen kuukauden aikana on hyväksi taloudelle ja näin ollen, koko maailmalle.

Uusliberaali talouspolitiikka onkin paitsi korvannut uskonnon, myös korruptoinut hyvin suuren osan tieteellisestä tutkimuksesta. Ja varsinkin taloustieteessä, joka on enemmänkin uskomusjärjestelmä, sanaa tiede käytetään sangen löyhästi. Se lupaa taivaan jo maan päällä loputtoman materialistisen yltäkylläisyyden muodossa. Palvomme rahaa jumalana, jonka pitäisi ratkaista kaikki ongelmat, kunhan sitä on riittävästi. Siihen se ei tietenkään ikinä pysty, mutta tuo harhaluulo auttaa meitä jaksamaan päivästä toiseen, samaan tapaan kuin lupaus kuoleman jälkeisestä ikuisesta onnesta niille, jotka ovat toimineet kuten käsketään.

Sanomme itkevämme mieluummin Mersussa kuin Ladassa ja vaikka tuossa sanonnassa ei olekaan kauheasti järkeä, se kuitenkin paljastaa jotain onnellisuuden suhteesta materiaan ja meidän suhtautumisestamme niihin molempiin. Mersun tai Ladan omistaminen ei suoranaisesti vaikuta onnellisuuteemme, vaan suhtautumisemme niiden omistamiseen. Ja kun olemme omistaneet ne riittävän kauan, niiden omistaminen menettää merkityksensä, mutta koska olemme tottuneet niihin, niiden menettäminen kirpaisee yhtä paljon kuin niiden saaminen lämmitti mieltämme. Näin jäämme omaisuutemme vangiksi, vaikka se ei tuo meille kuin hetkellistä iloa. Moni lottovoittaja on kertonut törsänneensä rahansa muutamassa vuodessa ja voiton pilanneen heidän elämänsä. Osa pankkiireista jopa tappoi pörssiromahduksen jälkeen perheensä ja itsensä mieluummin kuin tippui keskiluokkaan. Ilmiö on samanlainen kuin päihderiippuvaisilla, mitä korkeampi toleranssi ja suurempi päiväannos, sitä pahemmat vieroitusoireet. Amerikkalainen unelma on muutenkin vain tyhjä kupla, eikä kapitalismi voi ikinä tuoda onnellisuutta ja hyvinvointia kaikille maailman ihmisille.

Tämä ei johdu pelkästään siitä, että luonnonvarat ja resurssit loppuvat jo nyt kesken, eikä maapallo mitenkään kestäisi kaikkien ihmisten länsimaista elintasoa. Sen luoma hyvinvointi on myös aina perustunut vähäosaisten riistämiseen ja koko järjestelmä romahtaisi, jos riistettävät loppuisivat. Länsimaissa on voitu luopua orjatyövoimasta ja työläisten oloja on kyetty parantamaan, koska suuri osa suorittavasta työstä on siirretty kehittyviin maihin, joissa ei ole minimipalkkoja, ympäristönsuojelua eikä muitakaan ylimääräisiä kuluja. Raaka-aineita, ruokaa ja käyttötavaroita tuotetaan lapsi- ja orjatyövoimalla ja kehittyvien maiden luonnonvarat ryöstetään pilkkahintaan. Kaksi kertaa kehitysavun suuruinen summa pumpataan jatkuvasti ulos kehitysmaista ja näin estetään tehokkaasti niiden kehittyminen. Maailmassa on myös enemmän orjia, kuin ikinä ennen koko historian aikana. Tuosta kaikesta, teknologian kehityksestä ja ylettömästä energiankulutuksesta huolimatta länsimaatkin ovat korviaan myöten veloissa ja konkurssin partaalla. Edes suunnilleen inhimillisten olosuhteiden tarjoaminen maailman köyhille saisi korttitalon romahtamaan. Ja samaan aikaan johdannaiskaupassa pyörii niin monta kertaa koko maapallon yhteenlasketun bruttokansantuotteen suuruisia summia, ettei tarkkaa määrää pysty kukaan edes laskemaan.

Kuvitteellisella rahalla luodaan lisää kuvitteellista rahaa, kokaiinipöllyssä ja adrenaliinihöyryissään kilpaa kiljuvien pörssimeklareiden tehdessä kauppaa liian hitaasti jopa pörssirobotilla, joka on käytännössä vain iso ja monimutkainen hedelmäpeli. Eikä pörssikurssien kohoaminen edes tuo maailmaan mitään todellista lisäarvoa, ainoastaan epävakautta. Sen miettimisen sijaan, mitä meidän kannattaisi tehdä, talouttamme ohjaavat lähinnä ahneus, paniikki ja muut äärimmäiset tunteet, koska emme kykene suhtautumaan rahaan rationaalisesti. Tikkaa heittävät apinat tekevät taloustieteilijöitä tarkempia ennusteita tulevaisuuden suhteen. Ja sitten reaalimaailman pitäisi jotenkin pystyä toimimaan kasinotalouden ehdoilla. Tilannetta voisi verrata siihen, että monopolia pelaavat pikkulapset joutuisivat hävitessään maksamaan tappiot viikkorahoistaan.

Tässä kohtaa myös uusliberaalit huutavat sosialismia apuun, eikä puhdas kapitalismi pysyisikään ikinä pystyssä. Ilman sosiaaliturvaa, tulonsiirtoja, yritystukia, valtion rakentamaa infrastruktuuria ja ennen kaikkea pelastuspaketteja koko järjestelmä romahtaisi kokonaan ja johtaisi täydelliseen kaaokseen. Niin kuin on käynytkin aina, kun talouden sääntelyä on purettu liikaa. Toinen maailmansota olisi voinut syttyä myös ilman Adolf Hitleriä, mutta ei ilman vuoden 1929 pörssiromahdusta. Jotkin kirjanoppineet ovat tosin kääntäneet tämän niin päin, että vaikka sääntelyn purkaminen johtikin romahdukseen, romahdus johtui kumminkin siitä, ettei sääntelyä purettu riittävästi. Saman logiikan mukaan Adolf oli alisuorittaja.

Talous on kasvanut ihmistä suuremmaksi ja järjestelmä on enemmän kuin osiensa summa, kenet hyvänsä sen sisällä voisi vaihtaa tai poistaa ilman mitään merkitystä. Pitkään aikaan se ei ole palvellut meidän hyvinvointiamme, eikä lisännyt kaikesta loputtomasta materiasta huolimatta onnellisuuttamme kymmeniin vuosiin. Sen sijaan meidän osaksemme ja tärkeimmäksi ihmisarvomme mittariksi on noussut se, kuinka hyvin palvelemme järjestelmää. Olemme siirtäneet suuren osan suorittavasta työstä halvemman työvoiman maihin, korvanneet työpaikkoja teknologialla ja irtisanoneet kannattavistakin yrityksistä valtavat määrät työvoimaa voittojen ja osinkojen maksimoimiseksi ja nyt syyllistämme työttömiä siitä, ettei heille ole töitä. Työn tasaisemman jakamisen sijasta revimme jäljelle jääneestä työvoimasta jatkuvasti enemmän irti, luomme vastakkainasettelua työssä käyvien ja työttömien välille ja luomme työttömistä kuvan halveksuttavina yhteiskunnan loisina, joiden joukkoon tippumista pelkääviä työntekijöitä on helpompi kiristää suostumaan jatkuvasti heikkeneviin työehtoihin.

Säätelemättömänä järjestelmä imisi itsensä kaiken ja sitten se tuhoutuisi, tuhoten mukanaan kaiken muunkin. Kukaan ei pysty sitä nytkään ohjailemaan, mutta osa siitä vielä toistaiseksi hyötyy. Talouden ylipapit, se pieni eliitti, joka ei ole vielä tajunnut kuolevansa järjestelmän mukana. Toistaiseksi suuret massat pysyvät hallinnassa almujen avulla, mutta kun riittävän monen perustarpeet eivät enää tyydyty, alamme taas etsimään syyllisiä. Tämän jälkeen maailma palaa, kadut virtaavat verestä ja johtajia hirtetään lyhtypylväisiin. Jos romahdus tapahtuu ennen kuin on liian myöhäistä, ihmiskunnalla voi olla vielä toivoa ja siinä vaiheessa saattaisimme olla jo vähän valmiimpia sosialismille.

Rahan ei tulisi ikinä loppua kesken, eikä sen puuttumisen tulisi olla este millekään, sillä se on vain meidän mielikuvituksemme tuote ja sen arvo on täysin kuvitteellinen. Se, mihin meillä on varaa ekonomisesti ja se mihin meillä on varaa ekologisesti ja eettisesti, tulisi erottaa kokonaan toisistaan. Rahan arvo vaihtelee niin paljon, että samasta työstä maksettava palkka voi olla eri puolilla maailmaa kymmeniä kertoja pienempi tai suurempi ja hampurilaisaterian hinnalla voisi toisessa maassa laittaa lapsen vuodeksi kouluun. Samat erot valuuttakursseissa, joiden avulla voimme tuottaa rikkaisiin maihin puoliilmaisia tuotteita, mahdollistaisivat myös maailman köyhimpien auttamisen murto-osalla siitä, mitä käytämme turhuuteen ja ylellisyyksiin, mutta se kumoaisi sen hyödyn, mitä olemme saaneet ryöstämällä ja alistamalla heitä vuosisatojen ajan ja jos tasaisimme hyvinvointia, joutuisimme laskemaan omaa elintasoamme. Meillä ei ole varaa tehdä eettisesti ja ekologisesti kestäviä ratkaisuja, koska järjestelmästä täytyy pumpata jatkuvasti ulos mahdollisimman paljon voittoa.

Rahan pitäisi olla vaihdon väline, mutta kun sitä on riittävästi, se muuttuu vallan välineeksi, eikä se, jolla tuota valtaa eniten on, käytä sitä itseään vastaan. Tietty rahamäärä kuvastaa sitä osuutta, joka sen omistajalla on kaikesta maailman omaisuudesta, vaikka suurin osa rahasta onkin mielikuvitusrahaa, jolla ei ole mitään vastinetta todellisuudessa. Sen avulla voi kuitenkin vaikuttaa yleiseen mielipiteeseen ja poliittiseen päätöksentekoon, luoden näin säännöt itselleen edullisemmaksi. Tästä huolimatta pankit manipuloivat laittomasti korkoja, suuryritykset kiertävät veroja ja rikkaat piilottavat rahansa veroparatiiseihin, peli on jo valmiiksi epäreilu, mutta loputtomassa ahneudessaan he huijaavat siinäkin. Samaan roistojoukkoon kuuluvat luottoluokittajat, jotka käyttävät suhteetonta valtaa, mutta eivät kanna minkäänlaista vastuuta. Yksityiset pankit luovat rahaa tyhjästä ja sen lisäksi, että valtiot on saatettu näin turhaan velkavankeuteen, jossa niitä voidaan kiristää korkojen nostamisella tekemään liike-elämän kannalta suotuisia päätöksiä, kiihdyttää rahamäärän vaihtelu sekä nousu- että laskukausia. Koko järjestelmä on maailmanhistorian suurin pyramidihuijaus, jossa aina kuplan puhjetessa suoritetaan omaisuuden uusjako köyhiltä rikkaille. Vaihtoehdoksi tarjotaan sähköisesti louhittavaa valuuttaa, joka ei kaikista suurimpana kuplana ole edes sähkön hinnan väärtiä.

Sosialismi olisi huomattavasti kapitalismia järkevämpi vaihtoehto ja siksi se toimii ihmisillä vielä huonommin. Kaikki samat palvelut ja tavarat voitaisiin tuottaa myös ilman, että järjestelmästä pumpattaisiin jatkuvasti rahaa ulos veroparatiiseihin ja niitä voitaisiin myös tuottaa kertakäyttöisen kulutusyhteiskunnan sijaan sen mukaan, mikä on järkevää ja tarpeellista. Ainakin kaikilla toimialoilla, joiden palveluita ihmisten on pakko ostaa, valtion tulisi tuottaa nuo palvelut, koska mahdolliset tappiot ovat kuitenkin vähintään välillisesti yhteisiä. Samasta syystä kaikki luonnolliset monopolit tulisi pitää valtion omistuksessa. Niiden avulla voitaisiin myös harjoittaa järkevää työllisyys- ja sosiaalipolitiikkaa ja palkkauksessa voitaisiin ottaa huomioon se, ettei ihmisille tarvitsisi heidän töissä ollessaan maksaa sosiaalietuuksia. Markkinointiin käytetty raha voitaisiin käyttää tuotekehittelyyn ja tuotteet voitaisiin suunnitella kestämään sen sijaan, että ne suunnitellaan hajoamaan mahdollisimman pian takuun päättymisen jälkeen. Lähetimme jo 70-luvulla avaruuteen luotaimia, jotka toimivat edelleen, mutta emme saa enää matkapuhelinta tai tulostinta kestämään yli kahta vuotta.

Väkisin ylhäältä pakotettuna sosialismi aiheuttaa kuitenkin samantyyppisen ilmiön kuin demokratian tuominen ulkopuolelta diktaattorin murhaamalla. Mikäli kulttuuri ei ole ehtinyt kehittyä rauhassa ja ole sille oikeasti valmis, seurauksena on vain valtatyhjiö, jonka täyttää julmin ja häikäilemättömin taho. Näin tapahtui myös Maon Kiinassa ja Stalinin Neuvostoliitossa, mikä johti yli sadan miljoonan ihmisen kuolemaan. Osittain vainoharhaisten puhdistusten ja vankileirien takia, osittain siksi, että Maon suuri harppaus ja Stalinin viisivuotissuunnitelmat olivat täysin epärealistisia ja epäonnistuivat totaalisesti johtaen valtaviin nälänhätiin. Yleensäkin kumpaakin järjestelmää käytettiin oikeudenmukaisuuden ja tasa-arvon lisäämisen sijaan vain johtajansa munanjatkeena ja ne olivat alkuperäisen ideologian irvikuvia. Kommunismi vaatii tosin myös enemmän valvontaa ja rajoituksia, koska pelkästään yhteisön hyväksi toimiminen ei ole ihmisille luontaista. Kuusikymmentäluvulta lähtien Neuvostoliiton ihmisoikeudet eivät kumminkaan olleet juurikaan sen huonommat kuin Yhdysvalloissa kommunistivainojen aikaan, mikä todistaa, ettei vika ole varsinaisesti järjestelmässä, vaan ihmisissä jotka pyörittävät sitä. Neuvostoliitto myös voitti kuulennoista huolimatta avaruuskilvan ja osoitti, että myös kommunistinen järjestelmä voi yltää suuriin saavutuksiin. Mutta samalla juuri tuo kilpailu lännen kanssa koitui sen kohtaloksi. Niin kauan kuin kilpailemme toisiamme vastaan, häviämme aina lopulta kaikki.

Yhdysvallat perustettiin maailmanhistorian suurimman kansanmurhan jälkeen varastetulle maalle ja tämä oli monella tapaa varhaisen kapitalismin huipentuma. Olihan se alusta asti taloudellisen ja poliittisen vallan symbioosi, jossa käytiin sotia taloudellisten etujen turvaamiseksi. Ja tätä perinnettä Yhdysvallat on kunniakkaasti vaalinutkin käymällä avointa sotaa tai puuttumalla muuten aseellisesti toisten valtioiden sisäisiin asioihin yli 220 vuotena niistä reilusta 240 vuodesta, jotka on ollut olemassa. Maailman suurin puolustusbudjetti, jota pitäisi kyllä rehellisyyden nimissä kutsua hyökkäysbudjetiksi, on sekin vain tulonsiirto veronmaksajilta aseteollisuudelle, jonka osakkeita moni tärkeistä päättäjistä omistaa. Sota on hyvää bisnestä, varsinkin jos ymmärtää, ettei kyse ole pelkästään siitä, kuinka paljon luonnonvaroja saadaan ryöstettyä, vaan myös siitä, että eri ihmiset, kuin ne, jotka käärivät voitot, maksavat sodan kulut. Ylettömällä isänmaallisuudella, jatkuvalla jumalan siunauksen pyytämisellä ja joka välissä tapahtuvalla pakollisella asevoimien kiittämisellä saadaan pidettyä yllä illuusiota siitä, että taisteltaisiin vapauden ja oikeuden puolesta pahan voimia vastaan. Vaikka todellisuudessa palvellaan käsistä karannutta talousjärjestelmää, antikristusta, hydraa, ilmestyskirjan petoa.

Kaikki kehityksemme on ollut hyvin pinnallista ja mitä enemmän mennään oikealle taloudellisesti tai poliittisesti, voisi puhua lähinnä taantumisesta. Keskinäinen kilpailu, henkilökohtaisen edun tavoitteleminen ja itsekkyys johtuvat pohjimmiltaan vain siitä pelosta, että reilusti toimiessamme saatamme saada vähemmän kuin joku toinen. Yksilöiden henkilökohtaisen edun tavoittelun pitäisi kasaantua koko yhteisön eduksi, varallisuuden valua paskan sijasta alaspäin ja näkymättömän käden ohjata talouden toimintaa, mutta todellisuus on selvästi jotain aivan muuta. Yhteistyö on kumminkin ainoa asia, jonka avulla olemme selvinneet vaikeista ajoista, eikä nykyisen kaltainen ahneus olisi mahdollista ilman yhteistyöllä rakennettuja yhteiskuntajärjestelmiä. Ja vaikka materialistisen hyvinvoinnin lisääminen ei ole parantanut henkistä hyvinvointiamme vuosikymmeniin, tavoittelemme sitä niin sokeasti, että olemme valmiita uhraamaan sen takia kaiken, emmekä kilpaile pelkästään siitä, kuka saa tuhlata eniten resursseja, vaan myös siitä, kuka ehtii tuhlata ne ensimmäisenä.

Vasemmiston suurin virhe on nähdä meidät epäitsekkäinä ja älykkäinä olentoina, jotka kykenevät toimimaan arjessa omaa laumaansa suuremman yhteisön ja tulevaisuuden hyväksi. Sosialismi toimii ideologiana ja kapitalismi käytännössä ja niiden yhteensovittaminen on samanlainen päättymätön prosessi, kuin ihmisen tasapainoon pääseminen itsensä kanssa. Kumpikin on yhtä aikaa oikeassa ja väärässä, eikä mitään kaikenkattavaa teoriaa ole tai tule ikinä olemaan, koska todellisuus on aivan liian monimutkainen. Meidän aivomme ovat maailmakaikkeuden monimutkaisin järjestelmä ja

toimivan yhteiskuntajärjestelmän rakenta-
miseksi meidän pitäisi saada kytkettyä niitä
seitsemän miljardia yhdeksi suuremmaksi jär-
jestelmäksi.

Kapitalismi toimii riittävästi säänneltynä niin
kauan kuin se palvelee ihmistä, eikä ihminen
kapitalismia. Tuloerot toimivat motivaation
lähteenä niin kauan kun ne palkitsevat työpa-
noksesta eivätkä kannusta silmittömään ah-
neuteen. Yritykset ovat hyödyllisiä niin kauan
kun ne tuottavat työtä ja toimeentuloa, mutta
eivät ole niin suuria, että alkavat käyttämään
poliittista valtaa ajaakseen omaa etuaan.

Sosialismi toimii ihanteena, jota kohti on hyvä
pyrkiä, mutta johon ei ole realistista tai tar-
peellista koskaan päästä. Kun uskomme va-
laistuneemme, lähdemme väin äärimmäiselle
egotripille ja kun uskomme luoneemme täy-
dellisen yhteiskuntajärjestelmän, otamme en-
simmäisen askeleen kohti totalitarismia.
Voimme rakentaa maailmaa paremmaksi vain
todellisuudesta käsin, ottamalla pieniä askelia

ja katsomalla mitä niistä seuraa. Luomalla mielessämme utopian, jota käytämme mittapuuna sille, miten asioiden tulisi olla, avaamme mahdollisuuksia niin suurille ongelmille, ettemme kykene edes käsittämään niitä, varsinkaan jos loimme utopian siksi, ettemme kykene käsittelemään todellisuutta.

Eri järjestelmistä luulisi kuitenkin löytyvän huomattavasti toimivampiakin yhdistelmä kuin nykyinen, jossa pienen eliitin voitot ovat yksityisiä, mutta tappiot ovat yhteisiä. Jopa niin, että pankkiirit ovat maksaneet veronmaksajien maksamista pelastuspaketeista itselleen miljoonabonuksia sen jälkeen, kun ovat ensin romahduttaneet maailmantalouden. Mutta valta ja varallisuus ovat toisaalta aina keskittyneet pienen piirin käsiin järjestelmästä huolimatta, eikä tämä ilmiö koske ainoastaan ihmisiä. Se, että se, jolla on eniten, myös kerää itselleen eniten lisää, on lähes vastustamaton luonnonlaki. Yksi niistä, jota meidän voisi olla hyödyllistä oppia ymmärtämään, mikäli haluamme luoda kulttuurimme sellaiseksi, joka palvelee kaikkien etua, eikä romahda aina lopulta omaan mahdottomuuteensa.

Kulttuuri määrittelee sen, miten meidän tulee puhua, pukeutua, ajatella ja käyttäytyä. Siinä missä uskonto päättää meidän sielunelämästämme ja syvällisemmistä kysymyksistä, kulttuuri päättää puolestamme meidän käsityksemme pinnallisemmista asioista. Siitä liian jyrkästi poikkeaminen tarkoittaa yleensä henkistä eristämistä, eri asteista kiusaamista ja syrjäytymistä. Pukeudumme muodin mukaisesti, toimimme ja ajattelemme niin kuin kuuluu toimia ja ajatella ja kokoonnumme vaihtamaan yleisesti hyväksyttyjä mielipiteitä keskusteluissa, jotka eivät sisällä mitään omaperäistä ja joiden pääasiallinen tarkoitus on vain tehdä yhdessä ääniä, jotka vahvistavat yhteenkuuluvuudentunnettamme. Tabut pitävät huolen siitä, ettemme keskustele kielletyistä aiheista, mutta niiden aiheuttamat voimakkaat tunteet nimenomaan osoittavat, että juuri niistä meidän tulisi keskustella. Jos joku sanoo jotain yleisen mielipiteen vastaista, muistamme hänen vain olleen eri mieltä kuin kaikki muut ja näin ollen väärässä, vaikka hän myöhemmin osoittautuisikin olleen oikeassa ja hänen mielipiteensä muuttuisikin yleisesti hyväksytyksi totuudeksi, koska noiden keskustelujen tarkoitus ei ole mielipiteiden vaihto, vaan vuorotellen puhuminen, eikä niiden sanallinen sisältö jää kenenkään mieleen. Kun Sokrates yritti liian sitkeästi tuoda syvyyttä julkiseen keskusteluun, hänet tuomittiin kuolemaan nuorison turmelemisesta.

Nykyään suhtaudumme normista poikkeaviin ihmisiin yleensä joko närkästymällä tai huvittumalla siitä, etteivät he ole ymmärtäneet, miten kuuluu toimia. Paitsi jos he kuuluvat johonkin erityisryhmään jonka osaamme kategorisoida ja he toimivat ja pukeutuvat tuon ryhmän normien mukaisesti. Punkkarit ja hipsterit näyttävät naurettavilta tarkasti rajattujen pukeutumiskoodiensa sisällä ja vapauden symboleina toimivilla hurjilla motoristeilla on omassa laumassaan heitä ympäröivää yhteiskuntaa tiukemmat säännöt. Viestimme pukeutumisellamme paitsi persoonallisuudestamme, myös siitä mihin ryhmään kuulumme ja pidämme uhkaavina niitä, jotka eivät vaikuta kuuluvan mihinkään, koska emme osaa määritellä heitä. Varvaskengillä on helpompi aiheuttaa pahennusta kuin tatuoinneilla. Osa muuttaa tyyliään jatkuvasti sen mukaan mikä on milloinkin muodissa ja viestittää näin oman persoonallisuuden puutteesta, jonka perusteella luokittelemme heidät pinnallisiksi, vaikka totuus saattaisi olla myös täysin päinvastainen heidän pitäessä pukeutumista niin merkityksettömänä, että ostavat vain sitä mitä sattuu olemaan tarjolla. Joskus suhtaudumme vaatteisiin turhankin jyrkästi: Cato nuorempi halveksi Julius Caesarin punaista toogaa niin voimakkaasti, että tappoi tämän noustua valtaan mieluummin itsensä, kuin olisi jäänyt elämään niin huonoa makua osoittaneen miehen armoille.

Perinteisesti pukeutumisella on pyritty selkeyden vuoksi ilmaisemaan myös sukupuolta ja mahdollisesti jopa seksuaalista suuntautumista. Jotkut seksuaalisten vähemmistöjen äänekkäimmistä edustajista tosin pitävät niitä pelkästään tulkinnanvaraisina sosiaalisina

konstruktioina ja vaativat jokaisen kohtele-
mista ainoastaan yksilönä, vaikka määrittele-
vät samalla itse 76 eri sukupuolta ja seksuaali-
suuden muotoa, että saisimme kaikki mahdol-
lisimman tehokkaasti lokeroitua. Ei ole millään
muotoa oleellista, ovatko seksuaalinen suun-
tautumisemme ja sukupuoli-identiteettimme
riippuvaisia sosiaalisista, geneettisistä vai
psyykkisistä tekijöistä, yhtään sen enempää
kuin mitkään muutkaan persoonallisuutemme
piirteet. Olemme semmoisia kuin olemme,
syistä joita emme ymmärrä, normaali on illuu-
sio ja keskiverto ihminen suunnilleen yhtä
yleinen kuin yksisarvinen. Ongelmia syntyy,
kun väitämme erilaisuuden olevan väärin ja
yritämme väkisin parantaa sitä, tai kiellämme
kokonaan heteronormatiivisuuden ja suku-
puolten väliset biologiset erot, koska pienet
vähemmistöt eivät halua käsitellä niihin liitty-
viä tunteita. Kaikki miehet ovat kuitenkin poh-
jimmiltaan sikoja ja kaikki naiset ovat hulluja,
vaikka meistä löytyykin yleensä vähän mo-
lempia. Jonkun toisen seksuaalisesta identi-
teetistä ärsyyntymisen, oli se sitten mieles-
tämme liian epänormaali tai liian normaali,
luulisi kuitenkin olevan aika selkeä indikaattori

siitä, että ongelma löytyy oman päämme sisältä.

Kuulumme perheen, kansallisuuden, rodun, suosikkijoukkueen, musiikkimaun, poliittisen puolueen ja seksuaalisen suuntautumisen kautta limittäin useampiin hyvin erilaisiin ja erikokoisiin ryhmiin ja määrittelemme itsemme ryhmäidentiteetin kautta, jolloin jaamme ihmiset meihin ja muihin. Pohjimmiltamme olemme kasa apinalaumoja, jotka tulevat yleensä suunnilleen toimeen, mutta innostuvat aina välillä heittelemään paskaa toistensa päälle. Osana erilaisia pienempiä ryhmiä toimimme niiden sisällä suunnilleen samalla tavalla kuin ryhmät toimivat suuremman kokonaisuuden sisällä suhteessa toisiinsa, mutta kaikki nuo ryhmät ovat keinotekoisia ja todellisuudessa kuulumme kaikki samaan valtavan suureen ryhmään, jonka sisällä meidän pitäisi oppia tulemaan toimeen toistemme kanssa. Tarvitsemme silti käytännössä myös noita pienempiä ryhmiä, eikä niiden väkisin yhteen sulattaminen ole millään muotoa tarkoituksenmukaista, vain sen ymmärtäminen, että niiden taisteleminen toisiaan vastaan on hullua, eikä palvele ketään. Suvaitsevaisuus muuttuu suvaitsemattomuudeksi, kun alamme suvaitsemaan vain juuri tietynlaista suvaitsevaisuutta ja syrjintä on syrjintää, oli se kuinka positiivista hyvänsä. Poliittinen korrektius on uusi totalitarismi.

Uusliberalismi, Postmodernismi ja Uusnatsismi kävelivät baariin. -Kop kop. -Kuka siellä? -Kolmas maailmasota.

Voimme tulla naapurimme kanssa toimeen, vaikka olisimme täysin erilaisia ihmisiä ja pitäisimme eri asioista, kunhan emme muuta saman katon alle ja yritä väkisin muuttaa toista itsemme kaltaiseksi. Samalla tavalla voimme ymmärtää ja hyväksyä erilaisia arvoja ja kulttuureja, mutta niiden suuressa mittakaavassa väkisin yhteen sovittaminen johtaa vain jatkuviin ristiriitoihin ja konflikteihin.

Oman kulttuurimme sisällä melkein kenet hyvänsä meistä voisi korvata jollain toisella ilman sen suurempia ongelmia ja on ehdottoman tärkeää, että täytämme oman paikkamme liikoja miettimättä. Hyvin pitkälle erikoistuneessa maailmassa olemme opetelleet yhden erikoistaidon, jota päivittäin toistamalla ansaitsemme elantomme, mutta oman alamme ulkopuolella käsityksemme maailmasta on hyvin rajoittunut ja pinnallinen. Kulttuurin ja ympäristömme ohjaamana meillä ei myöskään ole varsinaisesti merkitystä sen kannalta, mihin suuntaan maailma on menossa, mutta pidämme sen joka tapauksessa pyörimässä. Järjestelmän kannalta olemme täydellisiä ja toisaalta juuri siksi täydellinen esimerkki siitä, miksi edustuksellinen demokratia on surullinen farssi. Ei meillä ole aikaa, resursseja tai ymmärrystä perehtyä maailmaan niin tarkasti, että kykenisimme tekemään sen suhteen järkeviä ratkaisuja.

Poliitikkoja myydäänkin meille paitsi mielikuvalla älykkyydestä, joka kumpuaa tavallista paremmasta itseluottamuksesta, joka taas on seurausta korkeintaan keskinkertaisesta älykkyydestä, myös tunteisiin vetoavilla tyhjillä iskulauseilla, jotka eivät todellisuudessa tarkoita mitään. Eivätkä he toisaalta edes pidä vaalilupauksiaan, joilla ei sinänsä olekaan mitään merkitystä. Jotain hyvin pinnallisia eroja lukuun ottamatta politiikka pysyy täysin samana, riippumatta siitä, mitkä puolueet ovat hallituksessa ja puoluekuri pitää tehokkaasti ruodussa ne kansanedustajat, jotka yrittävät noudattaa perustuslaillista velvollisuuttaan ja toimia omantuntonsa mukaan. Puolueuskolliset suuret massat, jotka äänestävät omaa puoluettaan, muuttavat aina mielipiteensä puolueensa virallisen linjan mukaiseksi. Tässä sirkuksessa ne, jotka ovat oppositiossa, tarjoavat aina vuorollaan yksinkertaisia ratkaisuja monimutkaisiin kysymyksiin ja paikkojen vaihtaminen neljän vuoden välein luo illuusion muutoksesta, vaikkei mitään oikeasti merkittäviä kysymyksiä edes oteta mukaan keskusteluun. Demokratia on saavuttanut saman pisteen kuin elokuva- ja tv-sarjat, jotka pyörivät rahastuksen takia liian kauan ja muuttuvat lähinnä myötähäpeää herättäviksi parodioiksi itsestään.

Alle 10 prosenttia meistä luottaa poliitikkoihin, mutta silti valtaosa äänestää ja pidämme äänestämistä kansalaisvelvollisuutena. Äänestäminen on lähinnä henkistä masturbointia. Äänestäminen vapauttaa meidät ajattelusta ja vastuusta oman toimintamme seurauksista, kunhan vain noudatamme lakia. Vaikka eivät poliitikot edes pidä ylintä valtaa tai päätä asioista yhteiseksi hyväksi, he toimivat lähinnä työnjohtajina omistavan luokan ja työntekijöiden välillä, ja samalla syntipukkeina meidän kaikkien puolesta. Globaalissa maailmassa, jossa kansainvälinen suurpääoma omistaa käytännössä kaiken, se myös päättää käytännössä kaikesta. Jos yksittäinen valtio yrittää tehdä sen vastaisia päätöksiä parantaakseen esimerkiksi luonnonsuojelua tai sosiaaliturvaa, seuraa investointien menetyksiä, valtionlainan korkojen nosto ja tulevaisuudessa myös haaste kansainväliseen tuomioistuimeen. Tämän takia myös luonnonvarat ja kaikki tuottavat valtionyritykset pyritään myymään yksityiselle pääomalle, poistamalla valtiolta sen omat tulonlähteet, tehdään siitä entistä enemmän riippuvainen tuosta pääomasta. Samat ihmiset vaihtavat sulavasti roolia liike-elämästä politiikkaan ja takaisin niin, että he joko tulevat ajamaan itselleen ja lähipiirilleen edullisia päätöksiä, tai tekevät ensin noita päätöksi ja saavat niistä kiitokseksi hyväpalkkaisia palkkiovirkoja.

Kulutustottumuksemme ovatkin huomattavasti äänestämistä merkittävämpi tapa vaikuttaa mihinkään. Tätä kaunistellaan demokratiavajeen ja lobbaamisen kaltaisilla sanoilla, tai puhutaan poliittisen tahdon puuttumisesta, mutta ei maailma kuitenkaan tarvitse liskomiesten salaliittoa ollakseen semmoinen kuin on, emme vain ole kehittyneet vielä tämän pidemmälle. Eivätkä liskomiehet ainakaan ole fyysisesti meistä poikkeavia muodonmuuttajia, heidän toimintaansa vain ohjaavat samat alkeelliset aivojen osat kuin muitakin matelijoita. Heiltä puuttuu kokonaan sisäinen ulottuvuus, joka tekisi heistä edes apinoita, eikä heillä ole vääristyneen itsesäilytysvaistonsa ohjaamina muuta mahdollisuutta kuin pyrkiä keräämään mahdollisimman paljon valtaa ja varallisuutta.

Todellinen vastakkainasettelu ei ole kansa vastaan hallitus, tai ainakaan sen ei pitäisi olla. Hallitus voisi olla paras keksintö ikinä, jos se toimisi niin kuin sen on tarkoitus ja mitä vahvempi hallitus sen parempi. Heikko hallitus ei tarkoita enemmän vapautta ja oikeudenmukaisuutta, se tarkoittaa vahvimman oikeutta ja viidakon lakeja. Ja muutenkin sillä, joka pitää vapautta absoluuttisena hyveenä, on aivan liian positiivinen ihmiskäsitys. Ahneimmat ja häikäilemättömimmät tulevat aina käyttämään vapauksia omaksi edukseen ja he myös tulevat voittamaan, koska ovat ahneimpia ja häikäilemättömämpiä. Heikon hallinnon ja pienemmän julkisen sektorin puolesta kampanjoivat ne tahot, jotka haluavat valtion ainoastaan turvaamaan aseellisesti heidän oikeuttaan riistää vähempiosaisia. Yksilöillä tulisi olla mahdollisimman laajat oikeudet toimia niin kuin parhaaksi näkevät, niin kauan kuin eivät vahingoita ketään muita, mutta suuryritysten, rahoitusalan ja muiden valtaapitävien toiminnan tulisi olla mahdollisimman rajoitettua, tai ne käyttävät aina asemaansa hyväksi ja kasvavat niin suureksi, että tuhoavat kaiken ympärillään. Minkään ei saisi koskaan antaa kasvaa liian suureksi kaatumaan, koska se antaa käytännössä rajattoman vapauden tehdä mitä hyvänsä ilman pelkoa seurauksista. Rajoittamaton kapitalismi johtaa väistämättä fasismiin.

Hitler äänestettiin valtaan vapaissa vaaleissa, vaikka hän oli jo kymmenen vuotta aikaisemmin kertonut, mitä siitä seuraisi, eikä hän luultavasti itse tappanut ikinä ketään. Olemme luoneet hänestä pahan ruumiillistuman, vaikka kaikissa meissä asuu pieni Hitler. Kukaan meistä ei kuitenkaan saa kovin paljoa yksinään aikaiseksi, ei hyvässä eikä pahassa. Maailman pahimmat sarjamurhaajat ovat saaneet hengiltä joitain kymmeniä ihmisiä, enimmilläänkin vain vähän yli sata. Niin järkyttävää kuin se onkin, sitä ei voi edes verrata niihin kymmeniin ja satoihin miljooniin murhiin, joista erilaiset hirmuhallinnot ovat vastuussa ja jotka ovat toteuttaneet ihmiset, jotka ovat vain totelleet sokeasti käskyjä. Käskyjen noudattaminen ei kuitenkaan poista meiltä moraalista vastuuta teoistamme, eikä myöskään se, että kaikki muutkin noudattavat niitä. Hitler olisi voitu pysäyttää monta kertaa jo ennen hänen valtansa vakiintumista, mutta omaa etuaan ajatelleet ihmiset eivät halunneet tehdä sitä. Viimeistään armeijan olisi tullut kaapata valta, kun hän suoritti puhdistuksia sen johdossa, mutta sen sijaan jäljelle jääneet upseerit näkivät tilanteessa mahdollisuuden nopeisiin ylennyksiin. Meissä kaikissa asuukin myös opportunistinen saksalainen upseeri, joka on valmis uhraamaan kunnianhimolleen jopa kunniansa.

 Kun Vladimir Putin murhauttaa entisen vakoojan radioaktiivisella poloniumilla, kyseessä on toki hirvittävä rikos, mutta samalla myös rehellinen viesti siitä, että hänelle ei vittuilla. Nixon yritti samaa tapattamalla aseettomia opiskelijoita, jotka vastustivat Vietnamin sotaa, mutta siitä seurasi vain lisää mielenosoituksia, koska Yhdysvaltojen presidentti ei ole samalla tavalla todellinen hallitsija. Niinpä Yhdysvallat lukitseekin vain vastustajiaan vankeuteen kidutettavaksi ilman oikeudenkäyntiä, tai tappaa heitä miehittämättömillä lennokeilla suoritettavilla täsmäiskuilla, joissa on kuollut niin paljon siviilejä, että se on saanut joissain maissa lapset pelkäämään auringon-paistetta, koska nuo lennokit iskevät kuin salama kirkkaalta taivaalta. Siinä missä FSP saa räjäytellä kerrostaloja ihan itse, joutuu CIA kouluttamaan sitä varten terroristijärjestöjä.

Yhteiskunnat ovat vain isoja kokoelmia yksilöitä ja jokaisen pienet valinnat arjessa luovat sen maailman ja ilmapiirin missä elämme. Poliittinen järjestelmä on vain kehys, jonka sisällä kaikki toimii, eikä yhden järjestelmän tarvitse välttämättä olla toista parempi. Hyvä diktatuuri voi olla parempi kuin paska näennäisdemokratia. Yhdysvaltojen tiedustelupalvelut eivät onnistuneet murhaamaan Castroa sadoista yrityksistä huolimatta, mutta Lee Harvey Oswald tappoi Kennedyn heidän valvovien silmiensä alla, eikä tarvinnut siihen kuin pikkuriikkisen taikuutta. Lapsikuolleisuus tippui Kuubassa kymmenen kertaa pienemmäksi Castron noustua valtaan, lukutaidottomuus ja työttömyys saatiin käytännössä kitkettyä ja koulutusjärjestelmästä ja terveydenhuollosta kehittyivät yhdet maailman parhaista. Vallankumoukselliset tekivät toki virheitä, kun yrittivät muuttaa maata liian radikaalisti ilman tarvittavaa ammattitaitoa ja se piti Yhdysvaltojen rikollisen kauppasaarron ja muun terrorin ohella huolen siitä, ettei materialistinen hyvinvointi ikinä saavuttanut länsimaista tasoa, mikä on kyllä toisaalta hyväkin, kun katsoo sitä sielutonta materialismia, mihin se on johtanut. Fidel Castro olikin 1900-luvun jälkimmäisen puoliskon merkittävin valtionpäämies, siinä missä Ronald Reagan ja Margaret Thatcher olivat huonoimmat.

Suurin osa meistä on hyviä ihmisiä. Haluamme vain elää kaikessa rauhassa satuttamatta ketään, tehdä työtä elantomme eteen ja viettää aikaa läheistemme kanssa, mutta olemme myös pohjimmiltamme ahneita, itsekkäitä, lyhytnäköisiä ja ajattelemattomia. Homo sapiens kuvaakin huomattavasti paremmin egojamme kuin varsinaisesti meitä itseämme ja nimeen sisältyy luultavasti aimo annos ironiaa. Vähän samaan tapaan kuin Macciavellin Ruhtinas ja Schopenhauerin Oikeassa olemisen taito oli tarkoitettu vittuiluksi ja Orwellin

1984 varoitukseksi, mutta olemme suhtautuneet niihin kaikkiin kuin oppikirjoihin. Älykkyys kun ei ole meille millään muotoa tyypillinen ominaisuus. Aina välillä on vain sattunut syntymään poikkeusyksilöitä, joiden ajatusten ja keksintöjen hyödyntäminen on luonut illuusion viisaasta ihmisestä. Mutta samalla nuo keksinnöt ovat helpottaneet elämäämme niin paljon, että evoluutio on muuttanut suuntaa ja älyllinen kehityksemme on kääntynyt laskuun.

 Ketään ei saisi sanoa tyhmäksi ja pidämme sitä suurena loukkauksena, useimmiten siksi että totuus sattuu. Kuitenkin jo koulussa kiusamme niitä, jotka ovat ahkerimpia oppimaan. Pidämme liian monimutkaisia perusteluja turhana selittelynä ja väittelyt voitamme vetoamalla järjen sijasta tunteisiin, asiakysymysten sijasta menemme henkilökohtaisuuksiin. Nauramme liian rehellisille ja muita enemmän yhteiseksi hyväksi toimiville ihmisille, pidämme heitä naiiveina ja yksinkertaisina, laatikon ulkopuolella ajattelevia edelläkävijöitä ja totuudenpuhujia hulluina. Olemme kauniisti sanottuna tunneihmisiä, mikä on vain kiertoilmaus sille, ettemme ole järkeviä. Tunnemme asioiden olevan jollain tietyllä tavalla ja koska aivomme pitävät uskottavampina niitä todisteita, jotka tukevat tuota kokemusta, uskomme kaikki olevamme keskimääräistä älykkäämpiä ja käytämme itseämme kaiken mittarina. On yhtä hullua toimia hyväksyntää saadakseen niin kuin muut olettavat meidän toimivan, kuin toimia oman mielensä mukaan ja joutua eristetyksi ja olemme oman kokemuksemme mukaan juuri niin laiskoja, ahkeria, älykkäitä, tunteellisia, avuliaita, itsekkäitä, tervejärkisiä ja hulluja kuin kuuluukin olla, enemmän tai vähemmän ei olisi normaalia. Olemme sopeutuneet kulttuuriin juuri sopivissa määrin, noudatamme niitä sääntöjä, jotka ovat järkeviä ja koska tajuamme asioista enemmän kuin näytämme päälle päin, emme usko kaikkea, mihin kaikki muut näyttävät uskovan.

Kun valitsemme jotain, suljemme samalla pois ne vaihtoehdot, jotka ovat ristiriidassa tuon valintamme kanssa ja meidän on pakko pitää sitä järkevämpänä kuin muita valintoja, tai tunnemme itsemme tyhmäksi, jonka takia suhtaudumme hyvin epäilevästi tai jopa vihamielisesti ihmisiin, jotka valitsevat toisin. Pidämme asioita tyhminä, joskus siksi, että oikeasti ymmärrämme niitä, mutta yleensä, koska emme ymmärrä, ja mitä tyhmempiä olemme, sen vaikeampi meidän on tajuta olevamme tyhmiä.

Sekoitamme myös koulutuksen älykkyyteen, vaikka niillä ei tarvitse välttämättä olla mitään tekemistä keskenään. Asioiden ulkoa opetteleminen ei tee kenestäkään älykästä, eikä edes niiden perustelujen ymmärtäminen, useasti pikemminkin päinvastoin. Varsinkin jos suhtaudumme tietoon jonain itsemme ulkopuolisena asiana, joka meillä on, sulattamatta sitä osaksi persoonamme ja maailmankuvaamme niin, että ymmärrämme sen paitsi suhteessa kaikkeen muuhun, myös ne edellytykset, joiden vallitessa se on, tai on olematta totta ja ilman, että kykenemme unohtamaan sen kokonaan ja luomaan sen jälkeen uudelleen tyhjästä.

Mitä enemmän opiskelemme jotain, sen vaikeampi meidän on hyväksyä oppimamme vastaisia näkemyksiä ja rakastumme helposti omaan totuutemme. Asioiden sanallisen ymmärtämisen sijasta tärkeämpää onkin niille antamamme merkitys ja se, kuinka laajasta näkökulmasta voimme punnita niitä, koska lopulta tulkitsemme aina niitä sisäisen arvomaailmamme perusteella. Tämä on taloudellisten intressien ja muun henkilökohtaisen hyödyn tavoittelun lisäksi suurin syy sille, miksi tulemme samojen faktojen perusteella täysin erilaisiin lopputuloksiin: tulkitsemme maailman sellaiseksi, kuin tunnemme ja haluamme sen olevan. Ja kun petymme omaan totuuteemme, vaihdamme sen helposti toiseen ääripäähän. Kommunistista pankkiiriksi tai intohimoisesta luomuviljelyn kannattajasta sen jyrkimmäksi kriitikoksi, vegaanista paleoon tai toisinpäin, mutta hyvin helposti kuitenkin ääripäästä toiseen ja harvemmin suoraan kultaiselle keskitielle. Tiedon määrää oleellisempaa on löytää tasapaino sen välillä mitä tiedämme ja kuinka hyvin pystymme tietämäämme käsittelemään. Jos tiedämme liikaa, ahdistumme ja ajaudumme helposti äärimmäisyyksiin, jos liian vähän, olemme tasapainoisempia ja itseluottamuksemme kasvaa, mutta teemme huonompia valintoja, tai ainakin teemme niitä huonompien perustelujen pohjalta.

Musiikki vaikuttaa suoraan alitajuntaamme tietoisen mielen ohi ja koska musiikkimaku kertoo, missä mielentilassa parhaiten viihdymme, voisi se myös kertoa todellisesti älykkyydestämme huomattavasti enemmän kuin koulutus tai älykkyysosamäärä, jos vain osaisimme tulkita sitä. Muista piittaamattomasti julkisilla paikoilla musiikkia huudattavat heikkolahjaiset kuuntelevat yleensä jotain aivotonta jumputusta ja todellisuudesta vieraantuneet hienostuneet älyköt klassista. Masentuneet kirkonpolttajat blackmetallia ja itsensä liian vakavasti ottavat lähiönuoret ganstaräppiä. Meidän jokaisen sisältä löytyy vähän noita kaikkia ja pidämme yleensä useasta eri musiikkityylistä, osa jopa kaikista, ja sama musiikki vaikuttaa eri tavoilla tietoisuuden eri tasoille. Yksinkertainen pop melodia voi koskettaa intellektuellia siinä missä Tchaikovsky perusduunaria. Sama musiikki voi myös herättää meissä täysin päinvastaisia tunteita ja noihin tunteisiin voi olla sidottuna niin erilaisia aja-tuksia, että muuttujia on tieteellistä teoriaa varten aivan liikaa. Sen sijaan itsetutkiskelun välineenä musiikki toimii erinomaisesti, var-sinkin sellainen musiikki, josta emme pidä, koska se nostaa pintaan tunteita, joita emme halua kokea.

Tämän takia listahitit ovat usein yksinkertai-sille massoille suunnattuja kertakäyttötuottei-ta, joilla on niin vähän syvällisempää sisältöä, että ne eivät muodista poistettuaan kestä ai-kaa, musiikillinen vastike Pokemon Go:lle tai fidget spinnerille. Välillä tosin myös listahiteis-tä muodostuu ajattomia klassikoita ja joinain aikakausina syvällisyys on jopa ollut muodissa, mutta silloin musiikki yleensä toimii useam-malla eri tasolla eivätkä kappaleet ole klassi-koita ja listahittejä samasta syystä. Samalla tavalla kuin hyvät lastenelokuvat toimivat myös aikuisille ja urheilutapahtumia myydään eri lajien hienouksia ymmärtämättömälle suu-relle yleisölle lähinnä tunne-elämyksenä, jopa urheilullisten näkökulmien kustannuksella.

Yksinkertaisuudessa ei kuitenkaan ole mitään vikaa ja usein yksinkertaiset ovat viisaampia kuin älyköt, jotka kompastuvat omaan nokkeluuteensa. Eikä älykkyys varsinkaan tee kenestäkään automaattisesti hyvää ihmistä, pikemminkin päinvastoin. Monet historian suurista ajattelijoista ovat olleet hyvin vaikeita luonteita ja useimmat hirmuhallitsijat keskimääräistä älykkäämpiä. Järjen ja tunteiden tasapainon ollessa tärkeämpää kuin niiden absoluuttinen määrä, yksinkertaisempi ihminen voi tulla täsmälleen samaan lopputulokseen ilman jatkuvaa yliajattelua ja hänellä riittää myös enemmän aikaa ja energiaa toimia arjessa. Ajattelusta ei olekaan varsinaista hyötyä kuin silloin, kun asiat menevät pieleen. Jos jokin ei ole rikki, miksi korjata sitä ja niin edelleen. Mutta koska täydellisyyttä ei ole olemassa, tarvitsemme jatkuvasti jonkun vittumaisen viisastelijan osoittamaan kulttuurimme virheet.

Nyt olemme yhteiskuntana suunnilleen samassa tilanteessa kuin mies, joka on painanut pari vuotta ylitöitä kipu- ja psyykelääkkeiden voimalla, mutta jonka kulutusluotot ovat silti jatkuvasti tapissa. Työpaikalla ovat juuri alkamassa YT-neuvottelut ja kupla voi puhjeta milloin hyvänsä, jonka lisäksi olemme juuri kuulleet saaneemme tippurin, mutta emme tiedä miten siihen tulisi suhtautua, koska emme ole varmoja onko se tarttunut vaimolta vai tyttöystävältä.

Katselemme maailmaa itsestämme käsin ja näemme omalle toiminnallemme huomattavasti parempia perusteluja kuin niille älyttömyyksille, mitä muut touhuavat. Itsemme lisäksi tulkitsemme perheemme, ystäviemme ja laumamme toimintaa saman harhan vallassa, suoraan suhteessa siihen, kuinka vahva tunneside meillä heihin on, eikä se rajoitu pelkästään ihmisiin, joiden kanssa olemme tekemisissä. Luomme samanlaisia tunnesiteitä myös julkisuuden henkilöihin ja varsinkin urheilijoihin. Hyväksymme omalta urheilujoukkueeltamme täsmälleen samanlaisen toiminnan, joka vastapuolen tekemänä saisi meidät raivon valtaan, ja suorastaan kannustamme siihen. Maksamme aikuisille ihmisille valtavia summia siitä, että he leikkivät työkseen ja luomme äärimmäisen voimakkaan tunnesiteen tapahtumiin, joiden kanssa meillä ei ole mitään tekemistä ja joilla ei ole todellisuudessa minkäänlaista merkitystä.

Merkityksen antaminen asioille joilla ei ole muuta merkitystä kuin se minkä itse annamme niille, auttaa meitä antamaan elämälle merkityksen ja tekee siitä muutakin kuin pelkkää selviytymistä, kunhan emme anna niille elämää ja selviytymistä suurempaa merkitystä.

Lasten leikkiminen on harjoittelua elämää varten ja sekin on ihan ymmärrettävää, tai jopa suotavaa, että aikuisiakin välillä lapsettaa. Samoin kuin hyvän urheiluhengen ja fyysisen kunnon kehittäminen, yhteistyön ja pettymysten käsittelemisen opetteleminen ja kaikki muu positiivinen, mitä liikunta meille tarjoaa. Mutta olemme muokanneet siitä lähinnä merkityksettömän spektaakkelin tukemaan oheistuotteiden myyntiä. Urheilijoiden palkat ovat karanneet täysin käsistä ja vaikka se ei toki ole hullu joka pyytää, ohjaa se rahaa aivan käsittämättömään suuntaan samaan aikaan, kun vanhustenhuoltoon, koulutukseen ja yhteiskunnan suojeluun ei ole vara palkata riittävästi työntekijöitä. Toinen ei ole suoraan pois toiselta, mutta osoittaa kumminkin, mihin järjestelmämme rahaa ohjaa ja mitä pidämme enemmän arvossa. Pidämme pallon potkimista tai jääkiekon pelaamista niin paljon tärkeämpänä, että siitä maksetaan jopa satoja kertoja enemmän kuin ihmisten hengen pelastamisesta.

Jääkiekossa on jätetty jopa kokonaisia kausia pelaamatta, kun miljardöörit ovat tapelleet miljonäärien kanssa rahasta. Jalkapallossa neitimäiset pelaajat filmaavat kentällä samalla kun huligaanit tappelevat katsomossa ja pelaajia ja tuomareita on jopa tapettu tunnelatauksen paukkuessa yli pahemmin kuin 3-vuotiailla hiekkalaatikolla. Lisäksi tulevat jättimäisten areenoiden rakennus- ja ylläpitokustannukset, olympiakylien rakentamiset ja fossiilisten polttoaineiden ylikulutukseen kannustava autourheilu. Huippu-urheilijat myös moninkertaistavat keinotekoisesti energiantarpeensa, mitä voisi pitää aika arveluttavana, kun samaan aikaan valtava osa maapallon väestöstä kärsii aliravitsemuksesta ja ruoan tuotanto ylikuormittaa ympäristöä niin, että sekä eläin- että kasvilajeja tapetaan sukupuuttoon ja ekosysteemejä tuhotaan viljelymaata raivatessa. Dopingin käyttö on niin yleistä, että ilman sitä on luultavasti mahdotonta pärjätä missään fyysiseen suorituskykyyn perustuvassa lajissa, ammattiurheilussa dopingtestaus on lähinnä vitsi ja Olympialaisten tuloksia korjataan testausmenetelmien kehittyessä vielä 10 vuotta alkuperäisten mitaleiden jakamisen jälkeen.

Dopingin käytön virallinen kieltäminen aiheuttaa sen, että puhtaat urheilijat ovat myös henkisesti epäreilussa tilanteessa, jos he tietävät tai ainakin uskovat tietävänsä lähes kaikkien kilpakumppaneiden käyttävän ja alkavat tämän seurauksena epäilemään omia mahdollisuuksiaan. Dopingia käyttävät joutuvat puolestaan elämään loppuelämänsä sen tiedon kanssa, etteivät heidän saavutuksena oikeasti merkitse mitään. Toki he ovat saaneet huijaamalla itselleen arvostusta ja mahdollisesti suurtakin taloudellista hyötyä, eikä kiellettyjen aineiden käyttäminen tee harjoittelusta yhtään sen helpompaa. Mutta riippumatta siitä, kuinka varmoja he ovat siitä, että kaikki muutkin ovat huijanneet, he ovat rikkoneet hyvää urheiluhenkeä vastaan ja mitätöineet sen ainoan asian, jolla olisi ollut jotain väliä. Kaikessa urheilussa on kyse paremmuudesta mittelemisestä keinotekoisten mutta hyvin selkeiden sääntöjen puitteissa ja mikäli yrittää menestyä kiertämällä noita sääntöjä, voisi yhtä hyvin osallistua ranskan ympäriajoon moottoripyörällä.

Huipulla erot menestyksen ja keskinkertaisuuden välillä ovat niin pieniä, ettei pelkästään se kuka douppaa, ole ratkaiseva tekijä. Oleellista on se, kuka douppaa parhaiten. Jos sallisimme kaikkien mahdollisten aineiden käytön ja palkitsisimme urheilijoiden lisäksi myös heidän lääkärinsä, emme joutuisi haaskaamaan aikaa ja vaivaa testaukseen ja käytön peittelyyn, mahdollisesti jopa urheilijalle haitallisilla ja optimaalista suorituskykyä heikentävillä keinoilla. Sen sijaan että kovimmat kuurit vedettäisiin vain harjoituskaudella, voisivat urheilijat olla parhaassa mahdollisessa tikissä juuri oikealla hetkellä ja yleisö saisi nauttia optimaalisista suorituksista. Eri aineiden ja kehon ja mielen äärimmilleen kuormittamisen vaikutuksia tutkimalla voitaisiin myös mahdollisesti oppia jotain hyödyllistä, jota voitaisiin soveltaa muuhunkin lääketieteeseen ja huippu-urheilu voisi näin oikeuttaa olemassaolonsa samaan tapaan kuin avaruustutkimus. Urheilijahan ei tervettä päivää näe ja riittävän tarkalla seurannalla, joka ei tavallisissa kyselytutkimuksissa ikinä onnistu, voisimme oppia paljonkin eri sairauksien syntymekanismeista sen sijaan, että keskitymme vain peittämään niiden oireita erilaisilla lääkkeillä.

Terveytemmekin on kaupallistettu ja siihen suhtautuminen on saanut älyttömiä piirteitä. Ajamme autolla kuntosalille kävelemään juoksumatolla teknisissä, taktisissa ja ennen kaikkea muodikkaissa trikoissa ja ostamme kaikki yksittäiset ravintoaineet omissa purkeissaan, joista kasaamme yhtä kätevän aterian kuin Ikean huonekaluista. Meille on saatu myytyä myytti optimaalisesta suorituskyvystä terveyttä edistävänä asiana, vaikka liian kova harjoittelu lähinnä kuluttaa elimistöä, ruoasta stressaaminen kumoaa sen positiiviset terveysvaikutukset ja huippu-urheilijat kärsivät myös masennuksesta moninkertaisesti muuhun väestöön verrattuna.

Osa meistä urheilee säännöllisesti ja syö suorastaan neuroottisen tarkasti, mutta sairastuu siitä huolimatta. Osa syö ja tekee vain sitä mikä sattuu milloinkin huvittamaan, ei huolehdi mistään ja pysyy epäterveellisistä elintavoistaan huolimatta täysin terveinä. Loput ovat sitten jossain siinä välillä ja näyttäisi olevan lähinnä tuurista kiinni, miten käy. Jos osaisimme ymmärtää ihmistä kokonaisuutena ja näkisimme miten eri puolet vaikuttavat toisiinsa, voisimme luultavasti vaikuttaa hyvinvointiimme hyvinkin merkittävästi jo pienilläkin muutoksilla.

Monen sairauden kohdalla tiedämme kevyen liikunnan ja terveellisen ruokavalion paitsi toimivan ennaltaehkäisevästi, myös lievittävän jo puhjenneen sairauden oireita, mutta peitämme niitä mieluummin erilaisilla lääkkeillä, joita syömme varsinaisten sairauksien lisäksi jopa niiden mahdollisiin riskitekijöihin. Niiden kyytipojaksi syömme valkoista sokeria, puhdistettuja jauhoja, tarvike-hampurilaisia, roiskeläppä-pizzoja ja muita perse-elintarvikkeita, jotka kaikki sisältävät samaa lihamyllyn läpi ajettua teurasjätettä eri tavoilla kemiallisesti värjättynä ja maustettuna. Näin myös säästämme samalla mukavasti muutaman euron, että meillä on varaa lääkkeisiimme.

Meidän on niin paljon helpompi lisätä elämäämme pari pientä pilleriä päivässä, kuin luopua mistään, että kokonaisvaltaisen hyvinvoinnin tavoittelun sijaan olemme valmiita hyväksymään myös sivuvaikutukset, joita kaikki lääkkeet aiheuttavat. Sivuvaikutus tosin on aika harhaanjohtava nimitys, koska semmoisia ei ole varsinaisesti olemassa, vain erilaisia vaikutuksia, joista toiset ovat vähemmän toivottuja kuin toiset. Erilaiset kemikaalit aiheuttavat elimistössä erilaisia muutoksia, eikä niiden vaikutusmekanismeja edes välttämättä ymmärretä, mutta lääketeollisuus on saanut meidät vakuuttuneiksi siitä, että ne ovat meille hyvästä, oli vaiva mikä hyvänsä. Osittain jopa suoranaisella valehtelulla ja laittomuuksilla, joiden takia lääkeyhtiöt ovat joutuneet maksamaan miljardikorvauksia, jotka eivät kuitenkaan ole mitään niiden voittoihin verrattuna. Lääketeollisuus on myös suurin yksittäinen lobbaaja, joka yrittää pitää kannabiksen laittomana. Kannabiksen lääkinnälliset vaikutukset on tunnettu tuhansia vuosia ja se on monien sairauksien hoidossa tehokkaampi ja turvallisempi kuin mitkään tällä hetkellä käytössä olevat lääkkeet, mutta koska sitä ei voida patentoida, lääkeyhtiöt ja heidän kouluttamansa lääkärit vähättelevät sen hyödyllisyyttä potilaiden kokemuksista ja tutkimustuloksista huolimatta, samalla kun sen vaikutuksia yritetään kopioida kehittämällä siitä synteettisiä versioita, jotka ovat osoittautuneet paitsi tehottomiksi, myös äärimmäisen vaarallisiksi.

Lääketeollisuus onkin pilannut osittain myös lääketieteen hyvän maineen, vaikka jälkimmäisen saavutukset ovat pelastaneet miljoonia ihmisiä ja parantaneet merkittävästi hyvinvointiamme. Lääketeollisuuden pääasiallinen tehtävä on tuottaa voittoa ja se on johtanut paitsi tutkimustulosten väärentämiseen, suosituksia tekevien ja lääkkeiden myyntiluvista päättävien tahojen korruptioon, lääkkeiden liikakäyttöön, joka varsinkin antibioottien kohdalla on osoittautunut katastrofiksi ja moneen muuhun hyviin arveluttavaan asiaan, myös siihen, että vastareaktiona osa meistä ei usko enää mihinkään, mitä länsimaisella lääketieteellä on tarjota. Jätämme lapsemme rokottamatta ja yritämme hoitaa syöpää homeopatialla tai enkeliterapialla, koska koemme tulleemme petetyksi juuri sen tahon toimesta, jonka pitäisi ajatella ainoastaan meidän hyvinvointiamme.

Kansallistamalla lääkeyhtiöt, muuttamalla ne voittoa tavoittelemattomiksi järjestöiksi ja laittamalla yhtiöille kohdistettujen sakkojen sijasta päätöksiä tehneet ihmiset rikosoikeudelliseen vastuuseen, mikäli he jäisivät kiinni laittomuuksista, saisimme lääketeollisuuden palvelemaan terveydenhuoltoa sen sijaan, että terveydenhuolto palvelee lääketeollisuutta. Jos lääke saa myyntiluvan tietoisen tutkimusten manipuloinnin seurauksena, tulisi jokaiseen sen tappamaan tai vammauttamaan potilaaseen suhtautua kuolemantuottamuksena tai törkeänä pahoinpitelynä ja myös tuomioiden olla sen mukaisia. Lääkkeitä voisi edelleen kehittää toimivammiksi ja läpimurtoja tehneitä tutkijoita palkita mittavilla bonuksilla, mutta lääkkeitä ei tarvitsisi muuttaa pelkästään vanhenevien patenttien takia. Lääkäreiden koulutusta ja hoitosuosituksia voitaisiin suunnitella ainoastaan potilaan näkökulmasta ja elämäntapamuutoksia yhdistettynä erilaisiin pehmeämpiin hoitomuotoihin tarjota ensisijaisena hoitona kaikissa ei-akuuteissa tapauksissa.

Sen lisäksi, että lääkkeet aiheuttavat käyttäjilleen haittavaikutuksia ja useasti aivan turhaan, kun niitä syödään potentiaalisten riskitekijöiden takia ennaltaehkäisevästi tai tehon ja sivuvaikutusten suhteen ollessa niin huono, että niillä käytännössä vain vaihdetaan sairaus toiseen, jota voidaan taas hoitaa uusilla lääkkeillä, niiden massatuotanto halpamaissa aiheuttaa ympäristöongelmia ja terveysongelmia paikalliselle väestölle kemikaalipäästöjen seurauksena. Lisäksi noita kemikaaleja leviää ympäristöön ihmisten jätösten mukana ja ne päätyvät osaksi ravintoketjua, samoin kuin muutkin ympäristömyrkyt ja lihantuotannossa käytetyt hormonit, lääkkeet ja antibiootit. Pikkuhiljaa ympäristömme muuttuu enemmän ja enemmän haitalliseksi ja sen aiheuttamiin sairauksiin syödään ja tuotetaan taas lisää lääkkeitä.

Ympäristömme on muutenkin muuttunut niin paljon niin lyhyessä ajassa, että sen vaikutusta ihmisten terveyteen on täysin mahdotonta ymmärtää. Erilaisten lääkkeiden, lisäaineiden, muovipakkausten, rakennusmateriaalien, säteilyjen ja energiakenttien yhteisvaikutukset voivat olla mitä hyvänsä. Älykkäiden eläinten ei pitäisi paskantaa omaan pesäänsä, mutta olemme saattaneet koko maapallon tuhon partaalle sinä lyhyenä aikana, kun se on ollut teknisesti mahdollista. Kaikki korkeakulttuurit ovat romahtaneet lopulta omaan mahdottomuuteensa, fallossymbolien ja temppeleiden rakentamiseen, ja yleiseen resurssien haaskaamiseen siihen, että saisimme kompensoitua mitättömyyden ja riittämättömyyden tunteitamme. Globaalissa maailmassa myös uhkakuvat ovat muuttuneet globaaleiksi ja kasvaneet aivan uusiin mittasuhteisiin, jotka uhkaavat potentiaalisesti jopa koko lajimme säilymistä.

Globalisaatio on aina perustunut, ja perustuu edelleen, kehittymättömämpien maiden hyväksikäyttöön ja ryöstämiseen. Suurista löytöretkistä, Itä-Intian kauppakomppaniasta ja Oopiumsodista lähtien on ollut kyse samasta asiasta, olemme kokeneet olevamme oikeutettuja muiden maiden rikkauksiin ja olemme tilanteen mukaan joko valloittaneet ne suoraan tai lahjoneet niiden korruptoituneet johtajat. Teemme edelleen yhteistyötä korruptoituneiden hallintojen kanssa ja myymme aseita maille, jotka syyllistyvät jatkuvasti rikoksiin

ihmisyyttä vastaan ja järjestämme vallanku-
mouksia maihin, joiden johtajat yrittävät käyt-
tää luonnonvaroja myös omien kansalaistensa
hyväksi.

Sen sijaan, että antaisimme noiden maiden
kehittyä rauhassa, levitämme niiden kautta
epäjärjestystä ympäri maailman ja luomme
pakolaiskriisien kautta vastakkainasettelua
ihmisten välille, jolloin heitä on helpompi hal-
lita. Terrorisminvastainen sota on päättymä-
tön itseään ruokkiva prosessi, joka on pikku-
hiljaa korvaamassa huumeidenvastaisen so-
dan, koska jatkuva sota on paitsi taloudelli-
nen, myös psykologinen välttämättömyys. Ei-
kä se luo vastakkainasettelua pelkästään pa-
kolaisten ja kantaväestön välille toisiaan vas-
taan, vaan myös kantaväestön ja pakolaisten
omien ryhmiensä sisällä niin, että kulttuurit
toistensa ymmärtämisen ja kunnioittamisen
sijaan sekoittuvat ketään tyydyttämättömäksi
massaksi ja yhtenäisyyden sijasta käymme
maailmanlaajuista sisällissotaa. Tuo sota ei ole
täysin avointa, mutta riittävää pitämään mas-
sat niin epäluuloisena toisiaan kohtaan, että

uuden maailmanjärjestyksen mukaisen korpo-
raatiofasismiin perustuvan maailmanhallituk-
sen on helppo ohjailla sitä.

Eikä tuolla hallituksella, kuten millään muul-
lakaan hallituksella, ole muuta tavoitetta, kuin
pysyä vallassa. Raha mahdollistaa sen, että
asiat menevät meidän mielemme mukaan ja
kontrolloimalla rahaa, kontrolloimme kaikkea
muutakin. Ei meillä ole mitään sen suurempaa
suuntaa tai suunnitelmaa. Ei ole mitään eliitin
suurta salajuonta, jonka avulla he haluavat
hallita maailmaa ja ohjata sitä johonkin tiet-
tyyn suuntaan, on vain lauma ihmisiä, jotka
haluavat kahmia itselleen mahdollisimman
suuren osan yhteisestä kakusta ja jotka myös
tekevät sen suhteellisen avoimesti.

Perustarpeidemme turvaamisen jälkeen tulee
vain asioita, joiden parissa yritämme tappaa
aikaa ja viihdyttää itseämme. Sillä määrällä
rahaa ja resursseja, joita käytämme itsemme
huvittamiseen, voisimme taata perustarpei-
den turvaamisen kaikille, vakauttaa maailman

ja pohtia yhdessä mihin olemme menossa. Tämä onnistui jopa apinalaumalta, jonka alfaurokset sattuivat kaikki kuolemaan, eikä lauma enää päästänyt ketään yksin valtaan. Tuon jälkeen lauman kaikkien jäsenten stressihormonitasot laskivat ja koko lauma voi kaikin puolin paremmin. Me sen sijaan käytämme jatkuvasti enemmän ja enemmän resursseja itsemme viihdyttämiseen, että saisimme huomiomme kiinnitettyä pois maailman epäoikeudenmukaisuudesta. Mutta globaalissa maailmassa ei ole enää yksityisiä tekoja, kaikki mitä teemme, vaikuttaa välillisesti kaikkeen ja kaikki mitä me kulutamme, on pois joltain toiselta, vaikka se olisikin toiselta puolelta maailmaa tai tulevilta sukupolvilta.

Samaan aikaan, kun pohdimme resurssien riittämistä, mittaamme edelleen menestystämme bruttokansantuotteella, sillä kuinka paljon tuotamme ja kulutamme. Ne pienet muutokset, joilla annamme talousjärjestelmällemme tekohengitystä, ovat pitkällä tähtäimellä yhtä hyödyllisiä kuin päihderiippuvuuden hoitaminen reseptiväärennöksillä. Pidämme jatkuvaa kasvua ja kehitystä menestyksen mittareina, mutta meidän lisäksemme ainoa asia, joka kehittyy ihan vain kehittymisen takia, on syöpä. Krokotiilit eivät ole muuttuneet satoihin miljooniin vuosiin ja ovat pärjänneet aivan hyvin, luultavasti ne elävät yhtä kauan vielä senkin jälkeen, kun me olemme saaneet jatkuvalla hosumisella tapettua itsemme sukupuuttoon. Meillä ei ole aavistustakaan siitä, mihin olemme menossa, mutta yritämme päästä sinne mahdollisimman nopeasti. Samaan tapaan kuin olemme tyytyväisiä, kun saamme ajan kulumaan nopeasti, vaikka sitä on meille jokaiselle varattu vain hyvin rajallinen määrä. Niin tylsää ja ahdistavaa kuin se voi ollakin, meidän olisi korkea aika vain pysähtyä miettimään ja olla hetki tekemättä mitään.

Yritämme ratkaista ongelmia tekemällä enemmän työtä, mutta ei työllä ole minkäänlaista itseisarvoa. Hyvin suuri osa tekemästämme työstä on jo nyt turhaa ja useasti jopa haitallista. Kehitämme ja tuotamme jatkuvasti uusia kertakäyttötuotteita ja luomme mainonnan avulla mielikuvan niiden tarpeellisuudesta, rakennamme aavikolle keinotekoisia paratiiseja ja olemme muuttaneet lähes koko maailman jättimäiseksi ostoskeskukseksi. Kansainvälinen ylikulutuspäivä kuulostaa joltain, mitä juhlimme joka päivä, mutta todellisuudessa se on päivä, jona olemme laskennallisesti käyttäneet sen vuoden uusiutuvat luonnonvarat ja tuo päivämäärä aikaistuu joka vuosi. Mutta suhtaudumme silti luonnonsuojelijoihin pilkallisesti ja jopa vihamielisesti, koska he eivät ole tajunneet, että sellaisten asioiden konkreettinen miettiminen aiheuttaa epämukavuutta meidän jokapäiväisessä elämässämme. Sen sijaan, että näkisimme itsemme erottamattomana osana luontoa, jota ilman emme voi tulla toimeen, näemme luonnon vain hyödykkeenä, jota saamme riistää mielemme mukaan. Ympäristön puolesta on hyväksyttävää ainoastaan lentää yksityiskoneella konferenssiin allekirjoittamaan mihinkään sitomattomia sopimuksia ja poseeraamaan sen jälkeen tärkeän näköisenä kameroille.

Olemme muuttaneet maailmaa niin paljon viimeisen parinsadan vuoden aikana, että olemme jääneet kehityksemme vangiksi. Emme voi vain hypätä takaisin siihen aikaan, kun elimme tasapainossa luonnon kanssa. Lopputuloksena olisi suunnilleen teollista vallankumousta edeltänyt elintaso jaettuna sen jälkeisellä väestönkasvulla. Mutta olemme myös luoneet valtavia ongelmia, jotka voivat yhdessä tai erikseen eskaloitua ja aloittaa ketjureaktion, jonka seurauksena ympäristömme muuttuu meille elinkelvottomaksi. Metsäkato, ylikalastus, ilmastonmuutos ja biodiversiteetin katoaminen, tekoälyn villiintyminen, ydinaseet, talousjärjestelmän romahtaminen, fossiilisten polttoaineiden loppuminen, ympäristön saastuminen, makean veden loppuminen, maaperän köyhtyminen ja liikakansoitus, joka ei sinänsä ole edes ongelma verrattuna elintason aiheuttamaan ympäristön kuormittamiseen, ovat kaikki uhkakuvia, joihin meillä ei ole mitään todellisia ratkaisuja.

Yhdysvalloissa asuu viisi prosenttia maailman väestöstä, mutta se kuluttaa kaksikymmentäviisi prosenttia resursseista. Ja niihin maihin, jotka eivät jostain syystä halua vapaaehtoisesti matkia kulttuuria joka on tuottanut satoja kouluampumisia, miljoonia kodittomia, orjatöitä tekevän maailman suurimman vankilapopulaation, sekä koulutus- ja terveydenhuoltojärjestelmät, joita pidetään yleisesti huonoina vitseinä, tuo maailman suurin roistovaltio vie näennäisdemokratian, korporaatiofasismin ja ylikulutuksen ilosanomaansa vaikka väkisin. Maailmanpoliisin juuret ovat toki vapaudessa, mutta aivan tietynlaisessa vapaudessa, jonka rikkaat valkoiset orjanomistajat julistivat koskevan lähinnä itseään. Ja juuri siksi he halusivat oikeuden kantaa aseita, ettei mikään yhteistä hyvää ajatteleva hallitus yrittäisi rajoittaa heidän oikeuttaan omistaa maata ja ihmisiä.

Käytämme suoraan lapsille suunnattuun mainontaan miljardeja dollareita vuodessa, jotta saisimme heidät mahdollisimman nuoresta yhdistämään materian onnellisuuteen. Sijoitus maksaa itsensä takaisin moninkertaisesti, kun muutumme kansalaisista kuluttajiksi ja yritämme koko elämämme kokea uudelleen sen tunteen, kun saimme viimein kauan kaipaamamme lelun. Hukuttamalla lapsemme jouluisin jätesäkilliseen lahjoja, kusemme tulevien sukupolvien muroihin niin monella tavalla, että meidän voisi olla parempi tehdä niin aivan kirjaimellisesti. Sen lisäksi, että annamme heille valtavat lahja överit, joista jäävä tunnemuisto voi olla myöhemmin aivan ylitsepääsemätön, yksittäisen tavaran arvo jää niin paljon vähäisemmäksi, että puolet leluista rikotaan tai menettävät merkityksensä jo ennen pyhien päättymistä. Ja jäätyään koukkuun tavaraan, he eivät pääse siitä ikinä irti, eivätkä silti saa siitä kuin hetkellistä tyydytystä, mutta siirtävät kumminkin tuon himon seuraavalle sukupolvelle kuvitellen, että se voisi tehdä heidät onnelliseksi.

Kaikki meidän ympärillämme ruokkii tuota himoa, kaikki on kaupallistettua, joka paikka on täynnä mainoksia, televisiosta ja sosiaalisesta mediasta näemme jatkuvasti ihmisiä, joilla on kaikkea sitä mitä haluaisimme ja joiden kaltaisia haluaisimme olla, vaikkeivat nuo

ihmiset edes ole todellisia. Emmekä edes välttämättä tee sitä kovin tietoisesti, aivomme
vain on ohjelmoitu tekemään niin silloin, kun
elimme pienessä laumassa samanlaisessa ympäristössä ja huonommin pärjääminen tarkoitti, että teimme jotain väärin.

Matkimme heidän tyyliään ja ostamme kaikkea tarpeetonta pysyäksemme muodikkaina,
vaikka kaikki muoti-ilmiöt ovat aina näyttäneet yhtä naurettavilta. Muodin seuraaminen
ja asioiden näkeminen tyylikkäinä sen takia,
että muutkin tekevät niin, onkin yksi parhaista
esimerkeistä siitä, miten luovumme itsestämme kuuluaksemme laumaan. Nauraminen
jollekin siksi, ettei tämä seuraa muotia, on orjan naurua toiselle, koska tämä on luopunut
kahleistaan. Usein muotiin liittyy myös samantapainen ilmiö kuin niillä eläimillä, jotka
ovat kehittäneet itselleen selviytymisen kannalta haitallisia piirteitä ja osoittavat niistä
huolimatta hengissä pysymällä olevansa potentiaalisia kumppaneita. Tämä näkyy muun
muassa nilkkojen, selän tai polvien paljaana
pitämisessä talvella sen todistuksena, ettem

me pelkää akillesjänteen tai virtsateiden tulehdusta. Apinoimmekin yleensä ihmisiä, jotka ovat kuuluisia korkeintaan yhden asian tai kyvyn takia, joka on hyvin harvoin heidän älykkyytensä.

Jonotamme viikkoja päästäksemme muodikkaaseen ravintolaan, että saisimme maksaa itsemme kipeäksi kärpäsenpaskan kokoisesta annoksesta samalla, kun joka kuudes sekunti kuolee lapsi nälkään jossakin päin maailmaan. Maksamme satoja miljoonia taulusta, jonka maalannut taiteilija kuoli köyhänä ja unohdettuna. Makuaisti kumminkin muuttuu muutamassa viikossa sen mukaan mitä syömme ja kauneus on aina katsojan silmässä. Viininmaistajat kehuvat halvinta mahdollista viiniä, kunhan se on kalliissa pullossa ja taidekriitikot suorastaan ylistivät tauluja, jotka olivat todellisuudessa simpanssin maalaamia.

Tarvitsemme jatkuvasti uusia leluja, isompia televisioita, hienompia autoa, eksoottisempia lomamatkoja ja enemmän kaikkea. Kuvittelemme myös jotenkin ansainneemme ne ja vaikka emme kuvittelisikaan, tuotteet suunnitellaan hajoamaan ja digiaikana niihin vain lakataan tarjoamasta päivityksiä, jolloin ne on joka tapauksessa pakko uusia. Kaikki tuo kehitys on kumminkin hyvin pinnallista ja merkityksetöntä. Ei sillä ole mitään väliä, millaisia nuo uudet lelut ovat. Ainoastaan sillä, minkälainen kokemuksemme niistä on. Ensimmäinen Nintendo oli ilmestyessään ainakin yhtä suuri elämys kuin uudet superkonsolit todellisuutta tarkemmalla grafiikalla, eikä elokuvan tarina ja sisältö parane erikoistehosteilla ja isommalla ruudulla. Hienoinkaan virtuaalitodellisuus ei vastaa sitä, että menemme pihalle ja oikeasti katsomme maailmaa. Kaikessa on pohjimmiltaan vain kyse siitä, että luomme erilaisilla ärsykkeillä päämme sisälle kokemuksen. Ja kaiken ylenpalttisen teknologian seurauksena tuo kokemus näyttää pikemminkin latistuneen ja pidämme asioita itsestäänselvyytenä. Kun totumme johonkin uudempaan ja hienompaan, emme halua enää palata entiseen ja nyt olemme lisäksi tottuneet siihen, että uudempaa ja hienompaa on oltava tarjolla jatkuvasti kiihtyvällä vauhdilla. Elämää helpottavat pienet keksinnöt ja sovellukset eivät välttämättä kuitenkaan tee elämästä yhtään sen parempaa. Ne vain jättävät pois noiden asioiden tekemisestä tulleet kokemukset, joiden tilalle meidän pitää keksiä jotain keinotekoista. Ja samalla ne jättävät pois ne opetukset, jotka saimme noiden asioiden itse tekemisestä ja niissä epäonnistumisesta tai onnistumisesta.

Tiedämme ylikulutuksen ja ympäristön saastumisen olevan ongelma, mutta samaan aikaan kulttuurimme kannustaa meitä kuluttamaan ja yksittäisen ihmisen vaikutus on niin pieni, ettemme koe omalla toiminnallamme olevan väliä, jos kaikki muutkin eivät muutu ja juuri meidän haluamamme asiat ovat oikeasti tarpeellisia. Puhelin on pakko uusia joka vuosi, koska vanhassa on vain sadan miljoonan megapikselin kamera. Naapurikin osti uuden auton, eikä televisiosta näe mitään, jos se ei ole vähintään kuusikymmentätuumainen ja kaareva. Perustarpeiden tyydyttämisen jälkeen onnellisuuden suhde tuloihimme ja omaisuuteemme riippuu siitä, mitä muillakin on. Arvioimme sen rajan, jota pienemmät tai suuremmat tulot laskevat onnellisuuttamme hyvin erisuuruiseksi sen mukaan, kuinka rikkaassa ympäristössä elämme.

Sen lisäksi, ettemme voi kaikki vain luopua omaisuudestamme ja muuttaa elämään tasapainossa luonnon kanssa, koska meitä on siihen aivan liikaa, se on myös kokonaisuuden kannalta täysin merkityksetöntä, koska yksittäisen ihmisen vaikutus on niin pieni. Jos luovumme enemmästä kuin pystymme, teemme itsemme marttyyriksi ja kärsimme sen takia, emme rohkaise esimerkillämme ketään toimimaan samoin, pikemminkin päinvastoin, ja varsinkin, jos yritämme tyrkyttää omia valintojamme muillekin, aiheutamme vain vastareaktion ja lisäämme välillisesti kokonaiskuormitusta. Olemme jopa säätäneet automme saastuttamaan mahdollisimman paljon, koska vihaamme päästörajoituksia. Tai lisänneet omaa lihankulutustamme, koska vihaamme vegaaneja, ja tupakointiamme, koska vihaamme sen epäterveellisyyttä. Olemme sillä tavalla hyvin mielenkiintoisia.

Luopumalla semmoisesta mitä emme oikeasti tarvitse, vapautamme itsemme materian orjuudesta ja lisäämme onnellisuuttamme. Eikä meidän tarvitse tehdä valtavan suuria muutoksia kerralla, koska olemme vain yksi seitsemästä miljardista ihmisestä, emmekä ole yksin vastuussa maailman pelastamisesta. Oikein toimimisen ja oman onnellisuutemme tavoittelun ei tarvitse olla mitenkään ristiriidassa keskenään, ne kulkevat käsi kädessä, kun löydämme tasapainon. Hyvien tekojen vähättely sen perusteella, että saamme itsekin niistä hyvää mieltä ja oikein toimimisesta seuraavan itsetyytyväisyyden pitäminen jotenkin pahana asiana on vain seurausta siitä, että olemme jääneet henkisesti uhmaikäisen lapsen tasolle.

Meidän on helppo vihata Hitleriä ja muita hänen kaltaisiaan, joista olemme tehneet pahan ruumiillistumia ja toisaalta ihailla pyhimyksiä, koska he ovat niin kaukana meistä, että tuntuvat lähes abstraktioilta, mutta itseämme lähellä olevissa meidän on helpompi sietää epätäydellisyyttä kuin täydellisyyttä.

Kun toimimme oikein, sisältämme kumpuava onnellisuus lisääntyy ja tarvitsemme vähemmän ulkoisia nautintoja. Voimme työskennellä vähemmän ja viettää enemmän aikaa läheistemme kanssa. Ja voimme myös jakaa työtä tasaisemmin, koska sitä ei teknologian kehityksen takia tule enää ikinä riittämään kaikille, varsinkaan jos emme enää osta ja tuota niin paljon kaikkea ylimääräistä. Ja kun muut seuraavat esimerkkiämme, aivomme eivät enää tule kateellisiksi siitä mitä he omistavat ja pikkuhiljaa saamme kehityksen suunnan käännettyä. Materialismin sijaan keskitymme henkiseen hyvinvointiimme ja kilpailun sijasta yhteistyöhön, yhteiskuntamme tukee tätä kehitystä ja me yhteiskuntamme kehitystä. Luonto pääsee korjaamaan itsensä ja elämme kaikki täydellisessä harmoniassa.

Välillä tosin lennämme viikoksi ryyppäämään turistikohteeseen, vaikka yksi etelänmatka vuodessa tuplaisikin hiilijalanjälkemme, koska matkailuhan avartaa, vaikka menisimmekin itse rentoutumaan lomatunnelmissa siinä missä paikalliset joutuvat tekemään välillä vähän töitäkin. Omalla sohvalla matkailu sieniä syömällä avartaisi tosin huomattavasti enemmän, koska se auttaisi meitä näkemään oman kulttuurimme ulkopuolisen silmin sen sijaan, että kävisimme ihmettelemässä jonkin vieraan kulttuurin pinnallisia eroja omasta näkökulmastamme käsin vähän samaan tapaan kuin eläintarhassa vierailemalla.

Tämä onkin suurin syy sille miksi psykedeelit ovat niin jyrkästi kiellettyjä ja järjestelmän kannalta vaarallisia, ne auttavat vapautumaan kulttuurin ohjelmoinnista. Alkoholi sen sijaan vapauttaa ajattelusta ja on täydellinen orjahuume. Huumausaineen käyttörikos onkin monessa mielessä lähinnä ajatusrikos. Heroiinia, metamfetamiinia ja paria muuta pahinta myrkkyä lukuun ottamatta lähes kaikki huumeet ovat vähemmän haitallisia kuin alkoholi ja niiden valitseminen osoittaa, että emme suostu vain sokeasti tottelemaan käskyjä. Kaikki nuo kovimmat huumeet ovat myös lääketeollisuuden keksintöjä ja niitä on alun perin markkinoitu meille täysin vaarattomina, muun muassa heroiinia lasten yskänlääkkeeksi riippuvuutta aiheuttamattomana morfiinin korvikkeena, ja niitä syötetään meille vähän modifioituna edelleen niin paljon, että reseptilääkkeisiin kuolee huomattavasti enemmän ihmisiä kuin laittomiin huumeisiin. Mitkään huumeet tuskin ovat meille hyväksi, varsinkaan säännöllisesti käytettynä, mutta itseämme lukuun ottamatta huumausaineen käyttörikos on täysin uhriton ja siis aivan absurdi, jos ajatellaan, mikä tulisi olla lakien perimmäinen tarkoitus.

Kaikissa kulttuureissa ihmiset ovat tunteneet ajoittain tarvetta vaikuttaa tajunnantilaansa jotenkin ja on rikos ihmisyyttä vastaan rajata tuota oikeutta niin, että siihen saa käyttää vain yhtä haitallisimmista ja vähiten hyödyllisistä päihteistä mitä on olemassa. Eikä alkoholinkaan kieltolaki toiminut millään muotoa, koska tuo tarve on niin voimakas osa luontoa, että eläimetkin tekevät sitä. Hirvet syövät käyneitä omenoita ja riehuvat kännissä, kun taas älykkyydestään tunnetut delfiinit trippailevat hallitusti pallokalan myrkyllä, porot syövät taikasieniä ja kengurut vetävät oopiumia.

Kieltolaki loi pohjan järjestäytyneelle rikollisuudelle, muutti juomakulttuurin entistä humalahakuisemmaksi ja rapautti ihmisten kunnioituksen lakia kohtaan. Edelleen samat ihmiset, jotka vastustavat jyrkästi laittomia huumeita, kertovat, että salakuljettaisivat alkoholia ulkomailta, mikäli se kiellettäisiin. Jos ei viina riitä, niin riittääkö mikään?

Huumeidenvastainen sota toi kartellit ja hirvittävän määrän väkivaltaa, teki huumeriippuvaisista rikollisia ja sulki ison joukon ihmisiä yhteiskunnan ulkopuolelle, mahdollisesti yhden pienen nuoruudessa tehdyn virheen takia. Kieltolaki myös loi epäterveen suhtautumisen ja lisäsi ongelmakäyttöä, niin kuin se teki alkoholinkin kohdalla. Kieltolaki luo pelotteluun ja liioitteluun perustuvan valistuksen takia jyrkän vastareaktion ja vaikeuttaa huomattavasti rationaalista suhtautumista. Käyttöön alkaa liittymään lainsuojattomuuden romantiikkaa ja se aletaan näkemään oikeutena, jonka eteen on taisteltava käyttämällä päivittäin. Tämän lisäksi käyttö ajaa meidät hakeutumaan muiden käyttäjien seuraan, jossa päihdemyönteiset asenteet ruokkivat toisiaan ja todellinen keskustelu toisenlaiset arvot omaavien ihmisten kanssa saattaa jäädä kokonaan pois.

Ajaudumme laittomien päihteiden pariin huomattavasti helpommin, jos meillä on jo valmiiksi ongelmia ja tutustumme toisiin ongelmaisiin ihmisiin sosiaalisessa ympäristössä, jossa päihteidenkäyttöön kannustetaan ja jossa myös kovia huumeita on usein helposti saatavilla. Silti sen suuremmasta osasta laittomien päihteiden kokeilijoista ei tule ongelmakäyttäjiä kuin alkoholinkaan osalta ja valtaosa lopettaa tai ainakin vähentää käyttöä merkittävästi kolmenkymmenen ikävuoden korvilla. Osa meistä syyttää raitistuttuaan päihteitä kaikista ongelmistaan, mutta jos tunsimme ennen niiden ottamista tarvetta sekoittaa päämme ja niiden ottamisen jälkeen emme enää tunne tuota tarvetta, oli niillä selvästikin jonkinlainen rooli tuossa kasvuprosessissa. Jos ottaisimme kaikki päihteet mukaan yleiseen keskusteluun ja suhtautuisimme niihin järkevästi ilman moralisointia, tai toisaalta toiseen suuntaan tapahtuvia ylilyöntejä, ne voisivat valtavan ongelman sijaan olla osa koko ihmiskunnan kasvuprosessia.

Monet taiteilijat, tieteen edelläkävijät ja muut erikoislaatuiset ihmiset ovat käyttäneet erilaisia huumausaineita, joko laajentaakseen tajuntaansa tai kestääkseen laajempaa tajuntaansa. Keskinkertaisuudesta hyvin harvoin syntyy mitään merkittävää ja niitä sisäisiä ristiriitoja, joista nerous kumpuaa, voi olla hyvin vaikea kestää, varsinkin jos pitäisi yhtä aikaa kyetä toimimaan maailmassa, jossa hyvin pieni osa ihmisistä toimii samalla tietoisuuden tasolla. Huumeet eivät tuo mitään meidän itsemme ulkopuolelta, mutta voivat oikein käytettynä olla todella hyödyllinen väline, jonka avulla kykenemme toteuttamaan itseämme. Jos vain osaamme luopua niistä, kun ne eivät enää palvele tarkoitustaan.

Yksi alkoholin parhaita puolia onkin se, että se on niin paska päihde. Sillä saa päänsä pahemmin sekaisin, kuin oikeastaan millään muulla aineella ja lisäksi siitä tulee krapula, eikä sen käyttö sen takia suju niin helposti osana normaalia arkea. Monet muut päihteet lisäävät aluksi toimintakykyämme ja luovuuttamme ja vaikuttavat lähinnä mielialaamme niin, että vaikutamme päällepäin olevamme suunnilleen selvinpäin. Ongelmat hiipivät mukaan huomaamattomasti ja kun tajuamme niiden olemassaolon, voi olla jo liian myöhäistä yrittää päästä irti. Ja mitä paremmalta eri huumeet alussa tuntuvat, sen helpommin ja salakavalammin niihin syntyy riippuvuus ja sitä kovemman hinnan niistä joudumme myöhemmin maksamaan.

Terapeuttisen käytön lisäksi eri päihteillä voisi olla merkittävä rooli myös erilaisissa rituaaleissa ja sosiaalisissa tapahtumissa, joissa nuo yksittäiset kokemukset olisivat merkittävämpiä kuin itse aineet ja niiden tarkoitus olisi auttaa meitä pääsemään paremmin tasapainoon itsemme kanssa, jolloin tarpeemme käyttää niitä vähenisi. Aikuistumisrituaali, jossa syötäisiin yhtenä iltana sieniä itsetutkiskelun merkeissä, kuulostaisi monessa mielessä paremmalta kuin nykyinen, jossa harrastetaan kymmenen vuoden ajan humalahakuista juomista ja irtosuhteita.

Tuolloin päihteiden tuottaminen voisi olla myös ekologisesti kestävällä pohjalla. Tällä hetkellä eri huumeiden valmistus kuormittaa niin paljon ympäristöä, ettei oikeastaan muiden kuin omalla pihalla kasvatettujen, tai luonnosta poimittujen käyttämistä voi todellisuudessa pitää pelkästään itseään koskettavana asiana. Kannabiksen, oopiumin ja kokapensaiden kasvatusta varten kaadetaan metsiä ja viedään viljelymaata ruokakasveilta, synteettisten huumeiden valmistukseen käytetään ympäristöä saastuttavia myrkyllisiä kemikaaleja. Myös kahvi ja tupakka ovat huumeita, joiden viljely vaatii paljon resursseja ja niitä myös käytetään päivittäin, koska niitä ei varsinaisesti mielletä semmoisiksi, johtuen juurikin tuosta päivittäisestä käytöstä johtuvasta korkeasta toleranssista.

Tupakka on monessa mielessä muutenkin malliesimerkki siitä kaikesta, mikä maailmassa on vialla. Pahan suuryrityksen valmistama tuote, joka on käyttäjälleen paitsi tarpeeton, myös haitallinen, mutta joka on saatu mielikuviin vetoavalla markkinoinnilla upotettua niin tiiviiksi osaksi kulttuuria, että jopa tuon mainonnan lopettamisen jälkeen syntyneet ihmiset taistelevat viimeiseen asti oikeudestaan uhrata sille rahansa ja terveytensä. Alkutuotantoa pyöritetään lapsi- ja orjatyöllä tai vähintään orjapalkalla ja työntekijät kärsivät terveyshaitoista, koska nikotiini imeytyy tehokkaammin ihon läpi kuin polttamalla. Kasvatukseen haaskataan hirvittävät määrät vettä ja muita resursseja ja tupakkaan lisätään satoja ylimääräisiä kemikaaleja, joiden tarkoitus on tehdä siitä vielä entistä koukuttavampi.

Jos jatkamme kuten tähänkin asti, on olemassa hyvin realistinen mahdollisuus, että emme tule selviämään lajina edes siihen asti, kun aurinko sammuu tai jokin muu meistä riippumaton tekijä tekee elämän maapallolla mahdottomaksi. Vaikka emme edes uskoisi ihmisen luomaan ilmastonmuutokseen, ydintalveen tai tekoälyyn, tuomionpäivään ja koneiden vallankumoukseen, on olemassa lukematon määrä muitakin riskejä, luultavasti myös sellaisia joita emme vielä ymmärrä, jotka voisivat pahimmillaan johtaa pysäyttämättömään ketjureaktioon. Jopa osa maailman johtavista älyköistä pitää tätä niin todennäköisenä, että uskoo ihmisen selviytyvän ainoastaan valloittamalla avaruuden ja muuttamalla toiselle planeetalle. Tuo on jo osoitus sellaisesta epätoivosta, että ehkä meillä vähemmän viisaillakin olisi aika pysähtyä tosissaan pohtimaan mihin me olemme menossa, avaruuteen emme ainakaan. Avaruuden valloitus on vain kaunis satu, jonka on tarkoitus antaa meille toivoa, mutta samalla se luo vaarallisen illuusion siitä, ettei meidän tarvitsisi oikeasti muuttaa mitään.

Emme ole onnistuneet pärjäämään edes planeetalla, jolla on niin täydelliset olosuhteet elämälle, että se syntyi käytännössä tyhjästä ja nyt meidän pitäisi muuttaa kuolleelle naapuriplaneetallemme ja saada se jotenkin kukoistamaan. Aurinkokunnan ulkopuolelle muuttamisesta on turha edes haaveilla. Kaikki eksoplaneetat ovat niin kaukana, että meidän tulisi pystyä jotenkin matkustamaan valoa nopeammin ja siihen ei kykene mikään ajatusta isompi asia. Ja jos löytäisimmekin jonkin tavan avaruuden valloittamiseen ja säilyisimme ikuisesti, tuhoaisimme vain koko maailmakaikkeuden planeetta kerrallaan. Meidät on kuitenkin sidottu kolmeen ulottuvuuteen, eteenpäin menevään aikaan ja tähän todellisuuteen, jossa kuolemme kaikki tällä planeetalla, jos ei oteta huomioon paria epäonnista kosmonauttia, jotka paloivat ilmakehään ja Elon Muskia, joka haluaa kuolla Marsissa.

Asumme autiolla saarella, joka vain sattuu olemaan avaruuden halki lentävä iso kivi. Meidän on pärjättävä niillä resursseilla mitä meillä on ja koitettava saada ne riittämään mahdollisimman pitkäksi aikaa. Tähän mennessä olemme onnistuneet suunnilleen yhtä hyvin kuin pääsiäissaaren asukkaat. Käytämme vaihdon välineenä simpukankuoria ja olemme antaneet vain parille tyypille oikeuden kerätä niitä. He lainaavat niitä korkoa vastaan ja ainoa tapa maksaa lainamme, on saada niitä joltain toiselta, joka on lainannut niitä vielä enemmän. Rannalla olevat tyypit pitävät merta jumalana ja sotivat sisämaassa asuvaa ryhmää vastaan, joka palvoo metsästä löytämäänsä lähdettä. He käyvät keskenään verisiä sotia saadakseen kalaa tai makeaa vettä. Lapsilla ja vähäosaisilla ei ole mahdollisuutta pitää omia puoliaan, joten he keräävät päivät polttopuita ja hedelmiä, joista saavat itse pitää yhden kymmenesosan. Vahvimmat urokset bodaavat päivät pysyäkseen vahvimpina ja alistavat muita, vieden valtaosan ravinnosta ja resursseista pitääkseen muut liian heikkoina ja alistettuina nousemaan kapinaan. Heidän kunniakseen rakennetaan temppeleitä ja patsaita. Resurssien käydessä vähiin kiihdytetään tahtia, että ne kaikki ehdittäisiin käyttää ennen niiden loppumista.

Me tulemme kaikki kuolemaan ja eräänä päivänä myös viimeinen meistä. Olisi hyvin surullista, mutta myös aika ironista, jos kuolisimme oman toimintamme seurauksena, kun olem-

me itse ensin tappaneet niin monta lajia su-
kupuuttoon. On aika epätodennäköistä, että
tuo viimeinen ihminen voisi varmuudella tie-
tää olevansa viimeinen, hän olisi luultavasti
joku hullu erakko, joka eläisi kymmeniä vuosia
nauttien tyytyväisenä omasta rauhastaan.
Hänelle meidän muiden olemassaolo tai ole-
mattomuus olisi aivan yhdentekevää.

Vaikka onkin aika epätodennäköistä, että sai-
simme resurssimme riittämään loputtomiin,
olisi meidän hyvin moraalitonta olla yrittämät-
tä. Sen lisäksi, että voisimme taata kaikille jo
nyt olemassa oleville ihmisille suhteellisen in-
himilliset olosuhteet, voisimme mahdollisesti
säilyä kymmenien, satojen tai jopa tuhansien
sukupolvien ajan. Siinä ajassa meidän luulisi jo
keksineen ratkaisut ainakin osaan ongelmis-
tamme, vähintäänkin olisimme olemassa,
eläisimme ja kokisimme asioita. Ja siitähän
tässä kaikessa on kyse. Elämän tarkoitus on
kompakysymys, koska elämä on oma tarkoi-
tuksensa. Ei meidän elämämme menetä mer-
kitystään siksi, että me tulemme jonain päivä-
nä kuolemaan. Ei ole olemassa mitään suurta

päämäärää, joka meidän pitäisi yksilöinä tai lajina saavuttaa. Me vain olemme ja olemme olematta olemassa, loputtomassa syklissä ilman alkua tai loppua

Äärettömyys on kiertynyt loputtomasti itsensä ympärille niin, että koko maailmankaikkeus on jokaisen pienimmän hiukkasen sisällä, joista se itse koostuu. Koko maailmankaikkeudessa ei ole riittävästi energiaa, että pääsisimme käsiksi tuohon pienimpään mahdolliseen ja toisaalta uusi todellisuus laajenee syntyessään eksponentiaalisesti niin, ettemme voi koskaan tavoittaa sen reunoja. Jossain on silti olemassa raja, jossa äärettömän suuri muuttuu äärettömän pieneksi, samalla tavalla kuin äärettömän suuri luku muuttuu nollaksi, jos siihen lisätään ykkönen. Tuolla rajalla aika ja mittasuhteet niin kuin me käsitämme ne, menettävät täysin merkityksenä. Nollapiste ei kuitenkaan sijaitse vain yhdessä pisteessä, vaan kaikkialla, sillä olemme aina maailmankaikkeuden keskellä, riippumatta missä olemme. Jatkuvasti kasvava maailmankaikkeus ei kasva suhteessa sitä ympäröiviin maailmankaikkeuksiin, eikä meidän näkökulmastamme vain sekunnin murto-osan olemassa ollut hiukkanen tuhoa kadotessaan myös meitä, vaikka me olemmekin sen sisällä.

Kaikki sykkii jatkuvasti omaan tahtiinsa olemassaolon ja olemattomuuden välillä. Kun mennään riittävän pieniin hiukkasiin, ne näyttävät olevan yhtä aikaa molempia ja joka paikassa. Niin kuin ovatkin, ne löytyvät suurimmalla todennäköisyydellä sieltä mistä me etsimme niitä, koska me etsimme niitä sieltä. Maailmankaikkeus näyttää äärettömän suurelta ja lähes ikuiselta ja kaikki siltä väliltä jotain siltä väliltä, vaikka niiden syklit eivät olekaan yhtä puhtaita kuin noiden kahden ääripään, jotka ovat todellisuudessa saman asian eri puolet. Maailmankaikkeus laajenee niin kauan, ettei pysy enää kasassa ja romahtaa sitten itseensä, jonka jälkeen se tulee ulos singulariteetin toiselta puolelta ja alkaa laajenemaan jälleen.

Eri todellisuudet sisältävät kaikki potentiaaliset historiat ja tulevaisuudet ja kaikki mitä on ikinä tapahtunut ja kaikki mitä tulee ikinä tapahtumaan, tapahtuu jatkuvasti kaikkialla, vaikka koemmekin niistä kerrallaan vain yhden eteenpäin kulkevan todellisuuden. Aina kun teemme jonkin valinnan, syntyy myös vaihtoehtoinen todellisuus, jossa valitsimme toisin ja noita todellisuuksia on ääretön määrä. Jokainen hiukkanen sisältää kokonaisen maailmankaikkeuden, jonka jokaisen hiukkasen sisällä on taas kokonainen maailmankaikkeus, jonka jokaisen hiukkasen sisällä on kokonainen maailmankaikkeus, loputtomasti ympäri niin, että kaikki potentiaaliset todellisuudet ovat jatkuvasti olemassa ja riippuu täysin kokijasta, mikä niistä on todellinen. Matemaattisesti ajateltuna nuo eri todellisuudet ovat lukemattomilla eri tasoilla värähteleviä säikeitä, joita on ääretön määrä. Ne todellisuudet, joita ei ole olemassa, havaitsemme pimeänä aineena ja tyhjiöön muodostuu spontaanisti hiukkasia, koska se on tyhjiö vain meidän näkökulmastamme. Tyhjyys on itseään täynnä.

Jos onnistumme voittamaan ihmisen, tuomitsemme samalla itsemme yksinäisyyteen. Omassa todellisuudessamme olemme täysin yksin. Kaikki muut ovat vain meidän mielikuviamme heistä, samaan tapaan kuin meitä ei oikeasti ole olemassa heidän todellisuuksissaan. Joskus voimme kuitenkin olla pienen hetken niin lähellä toisiamme, että nuo todellisuudet sekoittuvat ja tuntuu melkein, kuin muuttuisimme yhdeksi ihmiseksi. Olemme tasolla, jolla näemme kaiken samalla tavalla ja unohdamme itsemme täydellisesti.

Kun tajuamme uusia asioita, siirrymme todellisuuksiin, joissa ne ovat totta. Keksimme jonkin uuden ajatuksen ja seuraavassa hetkessä näemmekin sen jo joka puolella. Mahdollisesti jopa niin, ettemme olleet kuulleet siitä mitään aikaisemmin, mutta nyt huomaamme sen olleen jo kauan aivan yleisessä tiedossa. Näin olemme keksineet samoja asioita yhtä aikaa eri puolilla maailmaa olematta tekemisissä toistemme kanssa.

Välillä todellisuuksien välille voi tulla erilaisia bugeja. Olemme eläneet todellisuuksissa, joissa Nelson Mandela on kuollut milloin milläkin tavalla, olemme puhuneet vieraita kieliä, olleet loistavia matemaatikkoja tai osanneet soittaa pianoa ja sitten olemmekin taas tässä, eikä meillä ole hajuakaan mistä nuo muistot ja kyvyt ovat tulleet. Saatamme muistaa entisiä elämiämme, jotka tosin ovat jonkun toisen elämiä, koska me elämme nyt, emmekä silloin. Olemme aina eläneet nyt, vaikka olemmekin kuolleet jo useampaan kertaan joidenkin valintojemme seurauksena ja elämme edelleen vain niissä todellisuuksissa, joissa emme ole. Deja vú sen sijaan on aivan aito muisto joltain aiemmalta kerralta, kun olemme olleet olemassa.

Osa meistä on myös kuollut ja herätetty sen jälkeen uudelleen henkiin, mutta tuo henkiin herääminen muuttaa kuoleman kokemuksen täysin, koska tietoinen mielemme luo siitä oman tulkintansa. Myöskään ajattomuuden kokemusta ei enää ole olemassa, eikä voikaan

olla, jos olemme kokeneet jotain vielä kuole-
man jälkeenkin.

Kokemuksemme eteenpäin kulkevasta ajasta
on täysin subjektiivinen ja kun ei ole enää ko-
kijaa, ei ole aikaakaan. Ulkoapäin katsottuna
kuoleman hetki on mittaamattoman lyhyt ja
meidän näkökulmastamme yhtä aikaa myös
äärettömän pitkä. Meidän maallinen ruu-
miimme häviää, aurinko sammuu ja koko uni-
versumi romahtaa kasaan vain syntyäkseen
uudelleen. Aika alkaa alusta ja toistaa jälleen
uuden syklin, kunnes me synnymme 17 mil-
jardin vuoden päästä vain kuollaksemme jäl-
leen, mutta meidän kokemuksemme edelli-
sestä kerrasta, kun kuolimme, jatkuu edelleen
samassa pysähtyneessä hetkessä. Elämme
ikuisesti ja kuolemme loputtomasti uudelleen
samaan kuolemaan.

Kuoleman hetkellä ymmärrämme kaiken
mahdollisen ja mahdottoman ja meidän nä-
kökulmastamme tuo hetki kestää äärettömän
kauan, koska sitä ei seuraa enää mitään. Tu-

lemme yhdeksi puhtaan tietoisuuden kanssa ja samalla irtoamme siitä kokonaan. Ihminen ja jumala, tuomittava ja tuomitsija. Näemme itsemme täysin rehellisesti, kaikki hyvät ja pahat tekomme, perimmäiset motiivimme, ylpeyden aiheemme ja kaiken sen, mitä kadumme. Ei enää omaisuuden, järkeilyn ja kyynisyyden tuomaa turvaa. Ei mitään mahdollisuutta enää muuttaa mitään tai yrittää valehdella itsellemme, kaikki on jo tehty, eivätkä selittelyt enää auta. Katoavaista on maallinen maine ja kunnia. Vääryyden tekijä pysyy edelleen vääryyden tekijänä, saastainen saastaisena ja oikeamielinen oikeamielisenä. Ja rikkaan on vaikeampi päästä taivasten valtakuntaan, kuin kamelin kävellä neulansilmän läpi, jollei hän ole kääntynyt ja tullut lasten kaltaiseksi. Muistamme jokaisen hetken juuri sellaisena kuin ne olivat, näemme oman toimintamme seuraukset, niin hyvässä kuin pahassa ja koemme ne sanattomana ymmärryksenä, joka sisältää aivan kaiken, sekä menneen, että tulevan. Viimeistään silloin katsomme oikeasti peiliin ja luomme oman taivaamme tai helvettimme.

Tämä teksti on syntynyt terapiana sen kirjoittajalle, eikä sitä ole tarkoitus ottaa kuolemanvakavasti. Kaikki lainaukset ja viittaukset, olivat ne sitten tahallisia tai tahattomia, ovat kunnianosoituksia niiden alkuperäisille esittäjille.